다시 만나도 너

다시 만나도 너

1판 1쇄 찍음 2015년 6월 24일
1판 1쇄 펴냄 2015년 7월 1일

지은이 | 신새라
펴낸이 | 고운숙
펴낸곳 | 봄 미디어

기획 · 편집 | 손수화 정수경 박혜진

출판등록 | 2014년 08월 25일 (제387-2014-000040호)
주소 | 경기도 부천시 원미구 소향로17, 304(두성프라자) (우)420-864
영업부 | 070-5015-0818 편집부 | 070-5015-0817 팩스 | 032-712-2815
E-mail | bommedia@naver.com
소식창 | http://blog.naver.com/bommedia

값 7,000원

ISBN 979-11-5810-098-8 03810

다시 만나도 너

신새라 중편 소설

c / o / n / t / e / n / t / s

프롤로그

녹음이 짙어 가던 4월의 어느 날, 지호는 작고 귀여운 예린을 처음 만났다. 하얀 원피스를 입고 한쪽으로 머리를 땋은 예린은 작은엄마의 손을 꼭 잡고 나타났다.

정원에서 공을 가지고 놀던 지호는 갑자기 나타난 예린에게 눈을 떼지 못했다. 얇은 쌍꺼풀에 오똑한 콧날, 목덜미까지 하얀 피부가 매우 인상적이었다. '예쁘다'는 말이 저절로 머릿속에 떠올랐다.

"오셨어요, 작은엄마. 그런데 얘는 누구예요?"

손등으로 땀을 닦으며 인사를 한 지호의 시선은 곧바로 예린에게 향했다. 지호와 눈이 마주친 예린은 작은엄마 등 뒤로 몸을 숨겼다.

"시호 동생이야."

"동생? 시호에게 동생이 있었어요?"

지호의 물음에 작은엄마는 대답 대신 예린의 등을 떠밀었다.

"예린아, 인사해. 지호 오빠야. 시호 오빠랑 같은 나이지."

"안녕, 오……빠."

눈도 제대로 마주치지 못한 채 오른손을 살짝 들어 인사를 한 예린은 이내 뒷걸음질을 쳐 작은엄마의 손을 꼭 잡았다. 마치 이곳에서 자신을 보호해 줄 사람은 작은엄마 한 사람밖에 없는 것처럼 불안해하는 모습이 어린 지호의 눈에도 보일 정도였다.

"지호야, 예린이 집 구경 좀 시켜 줄래? 작은엄마는 할머니 좀 뵙고 올게."

"네, 그럴게요."

썩 내키지는 않았지만 지호는 예린에게 손을 내밀었다. 그러나 예린은 한 걸음 뒤로 물러서며 살짝 고개를 저었다.

"예린아, 잠깐만 지호 오빠랑 있어. 아줌마 금방 올 거야."

"가자. 내가 집 구경 시켜 줄게."

"자, 어서. 예린이는 말 잘 듣는 착한 어린이지?"

마지못해 고개를 끄덕이며 지호의 손을 잡은 예린의 시선은 여전히 작은엄마에게 향해 있었다.

작은엄마의 모습이 보이지 않게 되자 그제야 예린은 걸음을 옮기기 시작했다. 시선을 아래로 두고 말도 없이 걷기만 하는 예린에게 지호가 먼저 말을 건넸다.

"이름이 예린이라고?"

"응."

"몇 살이야?"

"열 살."

"오빠는 열두 살."

어렵게 말을 꺼냈지만 대화는 얼마 가지 않아 뚝 끊겼다. 외아들로 자란 지호에게 갑자기 나타난 여동생은 불편하고 어색한 존재였다. 무슨 말을 할까 고민하던 지호는 곁눈질로 예린의 표정을 살폈다.

"저기…… 있잖아."

묻는 지호의 목소리가 떨렸다.

"너 정말 시호 동생 맞아?"

"그냥 아줌마가 오빠라고 부르랬어. 이제부터 아줌마랑 같이 살 거라고……."

"그럼 너희 엄마 아빠는?"

지호의 물음에 예린의 발걸음이 멈췄다. 그리고 한동안 아무 말도 없었다. 땅에 발이 박힌 사람처럼 꼼짝 않고 서 있던 예린은 지호의 손을 슬며시 놓았다. 그때였다. 고개를 숙인 채 땅만 바라보던 예린의 어깨가 들썩이기 시작했다.

"흐윽…… 흑……."

"왜 그래? 우는 거야?"

난처한 상황이 아닐 수 없었다. 뭔가 큰 실수를 한 것 같은 느낌이 들었다. 지호는 점점 격해지는 예린의 울음소리에 발만 동동 굴렀다.

"내가 때린 것도 아닌데 왜 우는 거야. 울지 마."

"엄……마, 흐음, 아…… 보……."

처음에는 예린이 울먹이며 내뱉는 말을 잘 알아듣지 못했다. 하지만 띄엄띄엄 들리는 단어를 조합하자 무슨 말을 하는지 알 수 있었다. 지호는 천천히 또박또박 되물었다.

"엄마 아빠가 보고 싶다고?"

"흑, 으음…… 응."

"보러 가면 되잖아."

"아앙! 어엉. 엄마 아빠가……."

"엄마 아빠가 뭐?"

예린의 울먹임이 더욱 격해졌다. 이제는 펑펑 눈물을 쏟으며 큰 소리로 목 놓아 울기 시작했다. 지호는 황당한 표정으로 그런 예린을 바라만 보았다.

"죽……었……어."

앵두 같은 입술에서 나온 말에 지호는 자신이 얼마나 큰 실수를 했는지 깨달았다. 볼을 타고 한없이 흘러내리는 눈물을 닦아 주며 미안하다고 했지만 예린의 울음은 좀처럼 그칠 줄을 몰랐다.

"울지 마. 오빠가 미안해. 다시는 안 물어볼게. 응? 제발 그만 울어."

"어엉, 너무 보고 싶어."

"오빠가 잘해 줄게. 시호보다 몇 배는 더 잘해 줄 자신 있어. 갖고 싶은 거 있으면 말해. 오빠가 용돈 모아서 사 줄게. 너 괴롭히는 친구들도 다 혼내 줄 수 있어. 정말이야. 오빠 힘세."

지호는 어떻게든 어른들이 오기 전에 예린을 달래려고 안간힘을 썼다. 지킬 자신도 없는 약속을 줄줄이 늘어놓으며 예린의 등을 다독였다. 한참이 지나서야 울음을 그친 예린은 충혈된 눈으로 지호를 바라보았다. 지호의 심장이 덜컹 내려앉았다.

"왜…… 그런 눈으로 봐?"

"오빠는 안 떠날 거지?"

예린의 물음이 무슨 뜻인지 알기까지는 오랜 시간이 걸

리지 않았다. 어린 나이에 가족을 떠나보내고 얼마나 외롭고 힘들었을지 조금은 짐작할 수 있었다. 지금 예린에게 가장 큰 두려움은 이 세상에 혼자라는 사실일 것이다. 친동생은 아니지만 자신보다 어린 나이에 겪은 참혹한 현실에 연민이 느껴졌다. 지호는 놓았던 예린의 손을 다시 꼭 잡았다.

"그럼. 그러니까 울지 마. 예린이한테는 오빠가 있잖아."

힘겹게 예린을 달래고 정원을 지나 할머니 방 앞에 선 지호는 안에서 들리는 대화에 충격을 받았다. 죽은 친구를 대신해 갈 곳 없는 예린을 키우겠다는 작은엄마와 우리 집 안에 성이 다른 아이를 들일 수 없다는 할머니의 의견이 팽팽하게 대립했다.

두 분의 성난 목소리가 방문을 넘어섰고 겨우 달랬던 예린의 울음이 다시 터졌다. 작고 예쁜 예린의 눈에서 눈물이 흘러내리자 지호의 마음에 장대비가 쏟아지는 것 같았다.

"예린아, 오빠가 지켜 줄게. 걱정 마."

목 놓아 우는 예린의 귀에는 자신의 말이 들리지 않았을 수도 있다. 하지만 지호는 개의치 않았다. 이 약속은 자신만 지키면 되는 것이었으니까.

그날 예린은 할머니에게 인사조차 할 수 없었다. 문전박

대하듯 어린 예린을 돌려보낸 뒤 집안은 한동안 시끄러웠다. 언제나 할머니에게 순종하던 작은엄마였지만 이번만큼은 고집을 꺾지 않으셨고 1년이 지나서야 겨우 허락을 받아 낼 수 있었다.

그렇게 한가족이 되기까지 힘든 시간을 보낸 예린을 옆에서 지켜보며 지호는 다짐했다. 언제까지나 지켜 주겠다고. 그리고 그 다짐은 시간이 지나면서 점점 사랑으로 변해 갔다.

1

반칙

두 시간에 걸친 고등학교 졸업식 행사가 모두 끝났다. 약속이라도 한 듯 저마다 꽃다발을 들고 가족과 사진을 찍는 친구들을 예린은 조용히 기다렸다. 가족과 사진을 찍고 나면 다음 순서는 친구들이었다.

자신의 모습이 조금 초라해 보일지 몰라도 크게 마음 쓰지 않았다. 피가 섞인 가족은 아니지만 자신을 키워 준 가족은 있으니까. 다만, 사정상 졸업식에 참석하지 못해 곁이 허전한 것은 어쩔 수 없는 일이었다.

추억이 될 만한 사진을 몇 장 남기고 서둘러 강당을 빠져나온 예린은 젖어 있는 땅을 발견하고 우뚝 발걸음을 멈쳤다.

분명 일기예보에서는 눈이 올 거라고 했다. 하지만 눈 대신 이른 봄비가 땅을 적시고 있었다.

반갑지 않은 봄비에 예린은 울상을 지으며 교복 치마를 만지작거렸다. 자신의 졸업식을 더 쓸쓸하게 만드는 하늘의 심술 같았다.

"다들 즐거운 표정인데 왜 너만 죽을상이야."

그때 들려온 목소리에 예린이 황급히 고개를 돌렸다. 한 손에 우산을 들고 다른 한 손은 등 뒤로 숨긴 지호가 예린을 향해 방긋 웃고 있었다. 블랙 진에 하얀 스웨터를 입고 캐주얼 재킷을 걸친 지호는 한눈에 보아도 말끔한 청년의 모습이었다.

"지호 오빠!"

"졸업 축하해."

지호가 등 뒤로 숨기고 있던 팔을 앞으로 내밀었다. 빨간 장미꽃 스무 송이가 모습을 드러냈다. 예린의 입가가 양쪽으로 천천히 올라갔다.

"고마워, 오빠."

졸업식에서 꽃다발은 가장 흔하고 일반적인 선물 중의 하나였다. 더구나 받을 때만 기분 좋은 선물에 지나지 않는다.

시간이 지나 시들면 버리는 것조차 번거로운 일이 아닐 수 없었다.

하지만 그럼에도 불구하고 받고 싶은 선물 중의 하나임은 틀림없었다.

이런 날 남들 다 받는 꽃다발이 없어 혼자라는 사실을 숨길 수 없으니 말이다. 지호 덕분에 예린은 양손이 부끄럽지 않게 되었다.

"고맙긴, 이 정도 가지고. 가자. 레스토랑 예약해 놨어."

"미안. 나 집에 빨리 가 봐야 해."

"시호 때문이라면 안 가도 돼. 오면서 통화했어."

사정상 졸업식에 참석하지 못한 예린의 가족 중 한 사람은 바로 시호였다. 요즘 오토바이를 즐겨 타면서 때늦은 반항 중인 시호는 오늘도 어김없이 사고를 냈다. 그 탓에 시호의 어머니이자 예린을 키워 준 자영도 졸업식에 참석할 수 없게 되었다.

"정말? 괜찮대?"

"어. 목소리는 멀쩡해. 가벼운 접촉 사고라서 오토바이만 조금 부서졌다니까 너무 걱정할 필요 없어. 졸업식에 참석 못 해서 미안하다고 대신 맛있는 거 사 주라고 하더라."

"다행이다. 어머니 전화 받고 얼마나 놀랐는지 몰라. 도대체 오토바이는 왜 자꾸 타서 사고를 치는지 모르겠어."

가슴을 쓸어내리며 예린은 안도의 한숨을 내쉬었다.

같이 산 지 어느덧 10년째지만, 시호 때문에 조용할 날이 하루도 없었다.

워낙 자기 위주로 생활하는 탓에 항상 부모님과 다툼이 있었고 오토바이를 타면서 점점 더 어긋나는 행동만 골라 했다.

그런 시호의 모습이 예린의 눈에는 꼭, 사춘기의 반항아같이 보였다.

"아마 지금쯤 작은어머니에게 잔소리 좀 듣고 있겠지."

"시호 오빠 때문에 걱정이야."

"그러게. 언제쯤 방황을 끝내려는지……. 가자."

지호의 우산으로 들어간 예린은 그와 나란히 발을 맞춰 걸었다. 질퍽한 운동장을 피해 콘크리트 길을 따라 걸으며 그렇게 학창 시절을 마감했다.

"이건 내가 주는 졸업 선물."

레스토랑으로 가기 전 백화점에 들른 지호는 예린에게 연보라색 원피스를 선물했다. 지호가 골라 준 원피스를 입고 거울 앞에 선 예린은 자신의 모습이 조금 어색했다. 청바지에 티셔츠를 입고 다니던 자신의 모습과 전혀 달라 보였다. 단지 옷을 달리 입었을 뿐인데 거울 속에 비친 모습은 성숙한 여자로 보였다.

"예쁘다, 우리 예린이."

"어색해 보이지 않아?"

"아니. 너무 잘 어울려."

예린은 지호의 한마디에 좌우로 몸을 돌려 꼼꼼히 자신의 모습을 확인했다.

어깨선이 너무 파이지 않았는지, 허리가 뚱뚱해 보이지 않는지, 치마 길이는 적당한지 등등. 예린의 눈동자가 바쁘게 움직였다.

"받아도 될지 모르겠다. 내가 입기에는 너무 비싼 옷인데."

"오빠 능력 못 믿는 거야?"

"오빠 능력은 모르겠고 오빠 부모님 능력은 믿지."

"오빠한테 말하는 것 봐라."

예린의 볼을 살짝 잡아서 흔든 지호는 뒤에 서 있던 점원에게 시선을 돌렸다. 지호가 고개를 끄덕이자 점원은 기다렸다는 듯 예린의 앞에 미리 준비해 놓은 하이힐을 내려놓았다.

"이것도 선물이야?"

"고등학교 졸업하니까 눈치도 빨라졌네."

"나보고 지금 이걸 신으라고?"

"오빠가 패션에 대해서 잘은 모르지만 구색은 좀 맞출 줄 알지."

예린은 베이지색 하이힐을 내려다보며 망설였다. 집안 행사 때 가끔 구두를 신었지만 이렇게 높은 힐은 처음이라 자신이 없었다. 과연 하이힐을 신고 걸을 수 있을지 의문이었다.

"왜? 마음에 안 들어?"

"아니. 걷다가 넘어질까 봐. 그러면 망신이잖아."

"바보야. 뭘 걱정해. 오빠 팔짱 끼고 걸으면 되지."

문제 될 것이 전혀 없다는 지호의 표정에 예린은 얼굴이 달아올랐다.

팔짱을 끼는 것은 가까운 사람들이나 연인들이 하는 행동 중에 하나라고 생각했다. 서로의 친밀감을 보여 주며 다정함을 과시할 수 있는 표현이라고 말이다.

그래서 지금 지호의 한마디에 이토록 얼굴이 붉어지는 건지도 모른다. 지호와 좀 더 가까운 사이가 된 것 같은 느낌이 밀려왔다.

"한번 신어 보세요. 지금 입고 있는 옷과 아주 잘 어울리실 거예요."

한 발 뒤로 물러나 있던 점원이 거들었다. 점원이야 하나라도 더 팔고 싶은 마음이겠지만 예린은 선뜻 신고 있던 운동화를 벗지 못했다.

"이러다 레스토랑 예약 시간에 늦겠다."

"알았어, 알았다고."

마지못해 운동화를 벗고 하이힐을 신은 예린은 앞볼이 조이는 느낌을 받았다. 살짝 미간에 주름이 지기는 했지만 두 다리에 힘을 주고 가지런히 모았다. 굽이 높아서 그런지 자연적으로 아랫배에 힘이 들어갔다.

"이제야 학생이 아닌 여자로 완벽하게 변신했네."

계단 위에 올라서 있는 기분이었다. 그러나 거울 속에 비친 모습은 나쁘지 않았다. 종아리가 가늘게 보여 그런지 다리가 길어진 것 같기도 했다. 예린은 몸을 좌우로 틀며 뒷모습을 확인했다. 움직일 때마다 몸의 중심이 불안하게 흔들렸다.

그때 지호가 다가와 오른손을 예린의 어깨에 올렸다. 지호의 스킨 냄새가 코끝을 자극하자 예린의 심장이 조금씩 빨라졌다.

"오빠 만날 때만 입고 나와라."

장난스런 말투였지만 눈빛은 진지했다. 그래서 예린은 가볍게 웃어넘길 수 없었다.

"나가자. 배고프다."

계산하고 매장을 나온 두 사람은 에스컬레이터 쪽으로

움직였다.

"뭐야. 팔짱을 낀 것도 아니고 안 낀 것도 아니고. 내가 더 불안하다. 꽉 잡아. 아니면 옆에 붙어서 걷든가."

그러고 싶은 마음은 예린도 굴뚝같았다. 하지만 지호에게 몸을 밀착시키는 것조차 낯간지러운 행동이었다. 다른 친구들처럼 학창 시절 연애 경험이 있는 것도 아니라 어떻게 해야 자연스러운 건지 조심스러울 따름이었다.

여전히 두 사람의 사이는 좁혀지지 않았다.

"그러다 진짜 넘어진다."

"괜, 괜찮아."

"정 그러시다면. 내가 가까이 가지, 뭐."

불쑥 예린에게 몸을 밀착시킨 지호는 방긋 웃어 보이기까지 했다. 다른 이들 눈에 그저 친한 오빠 동생이 아닌 연인 사이처럼 보이기에 충분했다. 예린은 쏟아지는 주위의 시선을 애써 외면하며 백화점을 나왔다.

·

차로 30분쯤 달리자 한적한 골목 안쪽에 2층으로 된 작은 건물이 나타났다. 아치형으로 되어 있는 입구에 깔끔한 블랙 간판이 레스토랑보다는 카페를 연상케 만들었다. 한눈에도 아담한 분위기였다.

일부러 찾지 않으면 있는지도 알 수 없을 만큼 가게는

골목 안쪽에 위치해 있었다. 주변에 사람도 거의 보이지 않아 음식 맛이 살짝 걱정되기도 했다.

"너한테 할 말이 있어서 조용한 곳으로 예약했어."

"할 말? 뭔데?"

"우선 들어가서 밥부터 먹고. 외진 곳에 있어도 음식 맛은 일품이야. 예약제거든."

지호를 따라 차에서 내린 예린은 쌀쌀한 날씨에 몸서리를 쳤다. 이른 봄옷을 입고 있는 탓에 찬바람이 뼛속까지 들어오는 기분이었다.

"여기 코트."

뒷좌석에 벗어 놓은 코트까지 챙겨 걸쳐 주는 지호의 자상함에 정말 공주님이 된 기분이었다. 백화점을 나올 때와 똑같이 예린은 지호의 팔짱을 끼고 레스토랑 안으로 들어갔다.

종업원을 따라 2층으로 올라간 두 사람은 테라스가 보이는 창가에 마주 앉았다. 빈자리가 없었던 1층과 달리 2층은 모두 비어 있었다.

두 사람을 안내하고 종업원이 내려가자 예린은 작은 목소리로 지호에게 속삭였다.

"왜 손님들이 1층에만 있지? 전망은 2층이 더 좋은데."

"그거야 당연하지."

"왜 당연해?"

묻는 예린의 목소리가 갑자기 커졌다.

"내가 2층 전부를 빌렸으니까."

"헉! 2층 전부를? 왜?"

"이렇게 중요한 날을 다른 사람에게 방해받고 싶지 않았으니까. 다행히 시호도 알아서 빠져 주고. 오늘 왠지 느낌이 좋아."

"내 졸업식이 오빠에게 그 정도로 중요한 날이야?"

"앞으로 살면서 중요한 날이 될 거야. 너에게도."

예린은 지호의 말에 고개를 갸웃거렸다. 물론 고등학교 졸업식이 생에 두 번일 수는 없지만 그렇다고 잊지 못할 정도로 감격스럽거나 특별한 날이라고는 볼 수 없었다.

어렵게 학교를 졸업한 것도 아니고 일류 대학에 입학하는 것도 아닌, 그저 평범한 졸업식일 뿐이었다. 그나마 오늘을 조금 특별하게 만들어 준 것은 지호의 졸업 선물이었다.

예린은 궁금함을 참지 못해 지호에게 다시 물었지만 돌아오는 답변은 식사부터 하자는 말이었다. 때마침 종업원이 수프와 빵을 가져왔다. 궁금함을 잠시 미뤄 두고 식사를 시작한 예린은 어느새 맛의 세계로 빠져들었다.

"어때? 괜찮아?"

"정말 맛있어. 이런 곳은 어떻게 알았대?"

"누군가를 위한 일이라면 다 눈에 들어오기 마련이지."

"치! 공자님 같은 말만 하시네."

즐거운 마음으로 식사를 끝낸 두 사람은 커피 잔을 들었다. 달콤한 디저트와 함께 마시는 커피는 비 내리는 오후를 더욱 운치 있게 만들어 주었다. 예린은 기억에 남을 만한 졸업식을 만들어 준 지호가 너무도 고마웠다.

"고마워, 오빠. 선물도, 맛난 식사도 같이해 줘서."

"예린아."

"응."

"그 고맙다는 말 좀 안 하면 안 돼?"

"왜? 고마우니까 고맙다고 하는 건데……. 성의 없게 들렸어?"

"너한테 인사받으려고 선물한 거 아니야. 그러니까 그런 말 하지 마."

"알았어. 미안해."

"미안하단 말도."

"다 하지 말라고 하면 무슨 말을 해."

"있어. 네가 나한테 해 줄 말. 내가 너무 듣고 싶은 그런 말……."

"그게 뭔데?"

"잠깐, 마지막 선물이 도착했다."

'또?' 라는 의문과 함께 예린은 지호를 따라 계단 쪽으로 시선을 돌렸다. 어느새 가까이 다가온 종업원이 둥근 은쟁반 위에 올려진 케이크를 내려놓고 사라지자 예린은 기다렸다는 듯 지호에게 물었다.

"무슨 말이 듣고 싶은데?"

"먼저 내가 준비한 케이크나 감상하시지."

"케이크가 다 똑같지, 뭐……. 어? 이게 뭐야?"

하얀 생크림이 덮여 있는 케이크 위에는 남녀 인형이 올려져 있었다. 남자 인형이 여자 인형에게 한쪽 무릎을 세우고 앉아 두 손바닥을 펼친 모습이었다. 남자 인형의 손바닥 위에 놓인 반지가 조명 아래에서 반짝였다. 모형이라고 하기에는 너무도 정교했다.

"먹을 수 있는 거야?"

슈가 크레프트로 만들어진 인형은 보통 웨딩 케이크에서 볼 수 있는 모형이었다. 반지도 마찬가지인가 싶어 묻자 웃는 지호의 모습에 예린은 설마라는 생각이 들었다.

"먹을 수 있는 반지는 다음에 준비해 줄게. 오늘 내가 준비한 반지는 손가락에 껴 보라고 주는 거야. 이렇게."

예린의 왼손을 잡아당긴 지호는 인형의 손바닥 위에 있던 반지를 집어 새끼손가락에 끼워 주었다. 예린은 자신의 손가락에 마술처럼 딱 맞는 반지를 신기한 듯 바라보며 입을 다물지 못했다. 온종일 지호의 선물에 정신을 못 차리고 있었다.

"이 반지…… 어떻게 해석해야 해?"

"네가 보편적으로 알고 있는 사실 그대로."

"내가 알고 있는 보편적인 사실이라면……."

예린의 머릿속이 복잡하게 얽혀 갔다. 반지를 건네준 지호와 그 반지를 끼고 있는 자신. 오빠 동생 사이가 연인 사이로 바뀌는 행위에 정신이 멍해지는 기분이었다.

"혼란스럽다는 거 알아. 하지만 더 기다릴 수 없었어. 점점 성숙한 여자로 변해 가는 널 옆에서 지켜보고만 있기가 불안해서."

잠시 말을 끊고 물을 들이마시는 지호는 무언가를 떠올리는 듯한 표정이었다.

"가장 불안했던 때는 아마 내 졸업식이었을 거야. 네가 천진난만한 표정으로 축하한다는 말을 했을 때 그 자리에서 소리치고 싶었어. 널 처음 봤을 때부터 좋아했었다고. 용기가 없어 속마음을 꼭꼭 숨기고 늑대 같은 놈들 속에 널 남겨 두려니 미치겠더라고. 그날이 내 생에 가장 불행한 날임은 틀림없을 거야. 그래서 생각했어. 바보 같은 짓은 그때 한 번으로 충분하지 않을까라고."

지그시 자신을 바라보는 지호의 눈동자 속에서 예린은 진심을 느꼈다. 한 점의 거짓도 찾아볼 수 없는 진실. 심장이 두근거렸다.

"사랑해, 예린아. 2년 전에 주고 싶었는데 그때는 네가 너무 어려서 말을 못 했어. 그래서 오늘을 기다린 거야. 네가 성인이 되는 오늘을……."

"오빠……."

"어제 한숨도 못 잤어. 밤새 너한테 어떻게 말할까 고민하고 연습하고……. 그렇게 새벽이 밝아 오고 나서야 결심했지. 그냥 네 눈을 바라보며 고백하자. 그러면 내 마음이 전해질 거라고 믿었어. 날 바라보는 네 눈빛에 타들어 갈 것 같지만 피하지 않을 거야. 진심이니까. 정말 사랑하니까. 오래전부터 내 마음에 너를 담았으니까. 오늘은 네 새끼손가락에 반지를 끼워 줬지만 머지않아 약지에 반지를 끼워 주는 날을…… 난 기다릴 거야."

"나, 나는……."

"너한테 무슨 말이 듣고 싶냐고 물었지? 사랑한다는 말…… 해 줄 수 있겠어?"

조심스레 묻는 지호의 목소리가 떨렸다. 그 목소리에 맞잡은 예린의 손도 떨렸다.

늦은 오후가 돼서야 집에 돌아온 예린은 천천히 현관문을 열었다. 높은 하이힐을 조심스레 벗어 신발장 맨 안쪽에 밀어 넣고 텅 빈 거실을 두리번거렸다. 들고 있는 쇼핑백을 뒤로 숨기며 2층 계단으로 향하려다 달칵, 하고 방문이 열리는 소리에 예린은 화들짝 놀라 몸을 돌렸다.

"늦었구나."

머리를 매만지며 작업실에서 나오는 자영의 모습은 늘 한결같았다. 단정하면서도 품위 있는 옷차림과 진하지 않은 화장은 그녀의 상징과도 같았다.

신화그룹의 둘째 사모님답게 언행이 조심스러웠고 내조 또한 소홀하지 않았다.

미술을 전공해 주로 집 안에서 그림을 그리며 지내는 자영은 조용한 성격이었다. 어쩔 수 없이 참석해야 하는 자리가 아니면 모임에도 나가는 편이 아니었다.

집 안은 늘 조용했다. 오늘처럼 시호가 사고만 치지 않으면 말이다. 그러나 예린의 예상과 달리 집 안은 어제와 다를 바 없이 평화로웠다.

"친구들하고 지금까지 있었니?"

"아니에요."

"못 보던 옷이구나."

"지호…… 오빠가 사 줬어요. 졸업 선물이라고……"

갑작스런 자영의 말에 예린은 뜨끔하며 말끝을 흐렸다.

"지호가? 한집에 살고 있는 시호는 동생 졸업식 날 사고만 치는데 지호는 하는 짓이 어른스럽구나. 똑같은 나이인데 왜 그리 다른지. 거기 서 있지 말고 이리 와서 앉아."

"네."

자영을 따라 소파에 앉은 예린은 두 손을 가지런히 모아 무릎 위에 올려놓았다. 그런 예린의 행동을 지켜보던 자영은 흡족한 미소를 지었다. 항상 조신하고 바른 예린의 모습에 시호에게서 느끼지 못했던 뿌듯함을 대신 느끼고 있었다.

사실 예린에게 시호보다 많은 사랑과 관심을 쏟았다는 말은 거짓말일 것이다. 죽은 친구의 딸이었던 예린을 10년 전 집에 데려오면서 자영은 딱 보호자의 의무만큼 대했다.

과한 간섭과 참견도 없었고 큰 기대도 하지 않았다. 자립할 수 있을 때까지만 데리고 있으려 했는데 예린은 크면서 외로운 자영의 마음을 그림과 함께 채워 주는 중요한 사람이 되었다.

그래서 요즘은 그동안 하지 않았던 참견이 늘었다. 누굴 만나는지, 고민은 없는지 자꾸 묻게 되고 심지어 예린의 표정까지 살피게 되었다. 때늦은 엄마 노릇을 하면서 자영은 예린이 이 집을 나가게 될까 봐 두려웠다.

자신에게 한없이 무심한 남편과 반항적인 아들 틈에서 그림만을 붙잡고 살 자신이 없었다.

그래서일까? 오늘도 예린을 바라보는 자영의 시선은 예리했다.

"시호 때문이기는 하지만 졸업식에 안 가서 많이 섭섭하지? 미안해."

"아니에요. 괜찮아요. 지호 오빠 말로는 크게 다치지 않았다고 하던데 시호 오빠 집에 있어요?"

"그놈이 이 시간에 집에 있겠니. 아끼던 오토바이가 망가졌으니 어디서 술이나 먹고 있겠지. 아버지 퇴근 전에는 들어와야 할 텐데 내 전화는 통 받지를 않아."

"그럼 올라가서 제가 해 볼게요."

"그래 주면 고맙고. 그래도 시호가 네 말은 들으니까."

"네. 걱정 마세요."

야무지게 대답하는 예린을 바라보던 자영의 시선이 순간 포개진 예린의 손에 멈췄다. 지금까지 한 번도 반지를 낀 예린을 본 적 없던 자영은 조금 의아한 표정으로 손가락을 주시했다.

이제 고등학교를 졸업하고 여자로서 멋도 부릴 나이인 만큼 반지를 낀 모습이 이상하다고 할 수는 없지만 언뜻 봐도 길거리 좌판에서 파는 반지는 아니었다.

"반지가 예쁘네. 한번 자세히 봐도 될까?"

"네?"

당황하는 예린과 달리 자영은 자연스레 손을 내밀었다. 얼떨결에 반지를 낀 왼손을 자영의 손 위에 올려놓은 예린은 불안했다. 꼭 나쁜 짓을 하다 들킨 사람처럼 안절부절못하고 있었다.

"잘 어울리는 것을 골랐구나. 네가 샀니?"

세팅이 독특한 반지는 한눈에도 디자이너의 손길이 느껴졌다. 화려한 보석이 박힌 것은 아니지만 심플하고 깔끔해 매우 세련된 디자인이었다.

자영은 천천히 예린의 손을 놓으며 물었다.

"저…… 지호 오빠가…… 지나가다가 예쁘다면서……."

예린은 말끝을 흐리며 자영의 시선을 피했다.

"지호가 오늘 시호 대신 오빠 노릇을 톡톡히 해 줬구나. 내가 준비한 선물은 네 방에 가져다 두었어. 마음에 들었으면 좋겠다."

"그럴 필요 없는데…… 감사합니다. 그럼 올라가 볼게요."

"그래. 가서 쉬렴. 늦었지만 졸업 축하한다."

서둘러 자리를 뜨는 예린의 행동에 자영은 석연치 않은 느낌을 받았다. 무엇인가 숨기는 듯한 표정과 말투가 왠지 모르게 불편했다.

계단을 종종걸음으로 올라가는 예린의 뒷모습을 바라보고 있자 마음마저 멀어지는 느낌이었다.

자영은 씁쓸한 미소를 지으며 소파에서 일어나 다시 작업실로 향했다. 마음이 심란할 때는 늘 붓을 들었으니까.

방에 들어서자마자 문을 닫고 쇼핑백을 툭 떨어트린 예린은 짧은 한숨을 내쉬었다. 자영이 반지를 전해 준 상대의 마음을 알아 버릴까 봐 조마조마했다. 천천히 걸어와 침대에 털썩 주저앉은 예린은 반지를 오른손으로 매만졌다.

자영이 묻는 말에 왜 그리 더듬거렸는지 모를 일이었다. 누가 시킨 것도 아닌데 주위 사람이 알아서는 안 될 일처럼 꼭꼭 숨기려고만 했다.

마치 동화 속에 나오는 신데렐라처럼 다른 이들의 시샘을 받을까 두려웠다. 괜한 걱정일 수도 있겠지만 무시할 수 없는 현실은 분명했다.

사실 권지호라는 남자가 가지고 있는 사회적 위치와 배경은 평범하지 않았다. 그의 아버지는 신화그룹 사장이었고 이변이 일어나지 않는 한 다음 후계자는 그였다. 지금도 열심히 학과 수업과 경영 수업을 병행하고 있는 그라면 당연한 결과일 것이다.

그와 달리 평범한 집안의 딸인 자신은 내세울 것이 전혀 없었다. 부모님은 10년 전 돌아가셨고 친·인척이 없었던 자신을 자영이 데려다 키운 것이다.

돌아가신 엄마와 친구 사이였던 자영 덕에 부족함 없이 학교를 마칠 수 있었던 것도 어쩌면 행운에 가까운 일이었다. 그 이상을 바란다는 것은 욕심일지도 모른다는 생각이 문득 들었다.

'나도 지호 오빠가 좋은데⋯⋯.'

서로를 지켜본 시간이 10년이었다. 어른이 되어 가는 성장통을 겪으며 고민은 털어놓고 좋은 추억은 가슴에 차곡차곡 쌓아 둔 사이였다. 서로를 믿고 의지하다 보니 사랑이란 감정이 조금씩 싹텄는지도 모른다.

'내가 지호 오빠 선물에 정신이 나갔었나 봐.'

하지만 이내 예린은 고개를 저으며 그 마음을 부인했다. 드라마에서나 나올 법한 고백을 받고 행복한 상상을 한 것은 사실이었다.

그러나 자영의 질문에 행복한 상상은 깨지고 말았다. 부인할 수 없는 현실에 스스로 작아진 예린은 씁쓸한 미소를 지으며 일어났다.

그제야 자신의 방 한편에 자리 잡고 있는 화장대를 발견했다. 아침에 나설 때만 해도 없었던 화장대를 바라보며 예린은 이것이 자영의 선물임을 짐작할 수 있었다. 이제 여자로서 마음껏 아름다움을 표현해도 된다는 무언의 허락 같았다.

화이트톤의 화장대 위에는 립스틱이 놓여 있었다. 천천히 다가가 립스틱 뚜껑을 열자 윤기 있는 살구색이 모습을 드러냈다. 보기만 해도 청초한 느낌이 물씬 풍겼다.

거울을 보며 립스틱을 바른 예린은 입술을 붕어처럼 뻐끔거렸다. 거울 속에 비친 자신의 입술은 생기 있어 보이기는 했지만 어색한 면도 없지 않아 있었다.

'고백을 받은 지금, 왜 내 자신이 이렇게 초라한 걸까? 너무 좋아한 사람인데, 오빠 정말 괜찮은 남자인데, 난 지금 무슨 고민을 늘어놓고 있는 걸까? 좀 더 커서 이 립스틱이 잘 어울리는 그런 여자가 됐으면 좋겠다. 멋진 여자로 오빠 앞에 당당하고 싶어. 내가 기다려 달라면 그렇게 해 줄까?

지호가 싫어서 그 마음을 밀어내는 것이 아니었다. 당장 남자로 대하는 것이 어렵고 부담스러울 따름이었다. 아직은 너무 어렸다. 현실을 헤쳐 나가기에는 마음의 준비도 되지 않았다.

시간이 지나면 이 많은 걸림돌 중 한두 가지쯤 자연적으로 해결되지 않을까 했다. 아니, 적어도 지금보다는 어른이 되어 자신감을 가질 수 있을 것 같았다.

스스로 성장할 수 있는 시간이 필요했다. 그 시간을 지호가 기다려 주었으면 하는 바람이었다. 하지만 거울은 대답을 해 주지 않았다. 마법의 거울이 아니었으니까.

일주일 뒤 예린은 같은 장소에서 지호를 기다렸다. 약속 시간보다 30분 먼저 도착한 예린은 지호에게 할 말을 연습하고 또 연습했다. 밤새 적은 종이에는 글자가 빼곡히 쓰여 있었다. 천천히 눈으로 읽어 내려가며 마음을 전하는데 부족함이 없는지 고심하는 예린은 수능을 볼 때보다 더 긴장한 모습이었다.

약속 시간이 다가오자 초조함은 극에 달했다. 왼손에 차고 있는 손목시계 바늘이 움직일 때마다 입안이 바짝바짝 마르는 느낌이었다. 벌써 물 잔을 두 번 비운 예린은 창밖을 내다보았다. 그날처럼 보슬비가 내리고 있었다.

그때 계단을 올라오는 발걸음 소리가 들렸다. 예린의 시선이 계단 쪽으로 향했다. 발걸음 소리가 가까워질수록 종이를 맞잡은 손이 파르르 떨렸다.

"어! 벌써 왔어? 내가 늦은 건가?"

"오, 오빠……."

들고 있던 종이를 서둘러 가방 안으로 집어넣은 예린은

어색한 미소를 지었다. 아무것도 모른 채 몸을 쭉 내밀고 앉은 지호를 바라보자 미안한 마음이 들었다.

"내가 먼저 와 기다리려고 했는데 다 틀렸네. 왜 이렇게 일찍 왔어?"

"근처에 볼일이 있어서 왔다가 시간이 좀 남아서……."

거짓말을 하려니 목소리가 자꾸 작아졌다. 예린은 애꿎은 물 잔을 매만지며 지호의 시선을 피했다.

"주문할까?"

"간단한 걸로. 아직 배 안 고파."

"그래, 그럼."

주문을 마치고 음식이 나올 때까지 예린은 멍한 정신이었다. 지호가 하는 말이 전혀 귀에 들어오지 않았다. 간혹 추임새만 넣는 예린의 머릿속은 온통 종이에 적혀 있던 글로 가득했다.

"자, 이제 말해. 난 준비됐어."

달콤한 디저트에 커피로 어느 정도 배를 채운 지호가 예린을 지그시 바라보았다. 좀 전과 달리 예린만큼 긴장한 표정이었다.

"저기…… 있잖아. 오빠……."

입을 연 순간 머릿속이 하얀 백지가 되어 버렸다. 그렇게 연습했던 말들이 하나도 떠오르지 않았다. 당황한 듯 지호를 바라보는 예린의 눈동자가 불안하게 흔들렸다.

"내가…… 내가 말이야. 기다려…… 달라고 하면 그래 줄 수…… 있어?"

종이에 적은 많은 말들을 뒤로하고 예린이 던진 말은 단지 이것뿐이었다. 기다려 달라는 말을 하려고 변명처럼 적었던 글이 쓸모없어져 버렸다.

아직 자신은 어렸고 자신이 없었다. 사랑을 잘 몰랐다. 하나부터 열까지 자기방어만 하며 그 벽이 깨질 때까지 기다려 달라는 무책임한 말을 던졌다.

상대가 그 높은 벽 앞에 서서 얼마나 실망하고 허탈해할지는 짐작도 못 한 채 예린은 이기적인 말을 꺼냈다.

"나 반칙한 거지? 그래서 지금 너한테 벌 받는 거지?"

지호는 어렵게 입을 열었다. 고백을 한 자리에서 기다려 달라는 말을 듣자 정신이 없었다.

어려서부터 서로 잘 알고 지낸 사이라 거절은 생각지도 않았다. 물론 기다려 달라는 말은 거절도 승낙도 아닌 답변이었지만 지호 입장에서는 거절 쪽에 가까웠다. 그래서 숨고 싶었다.

남자로서 자신이 한심하고 앉아 있는 이 자리가 죽도록 창피했다. 그러다 죄지은 표정으로 고개를 숙인 예린을 보고 또 다른 생각이 들었다. 아, 나만의 일방통행이었구나.

"아무 준비도, 아니, 사랑에 대해 아무 생각도 없는 너에게 내가 무슨 짓을 한 건지 모르겠다. 나 혼자 다급해서 준비하고, 고백하고. 생각이 이렇게 짧아서야……."

자신에게 던지는 반성이었다. 살짝 자조적인 미소를 지은 지호가 계속해서 말을 이었다.

"혼자 운동복 차림에 운동화까지 신고 출발선에 서서 손 내민 꼴이잖아. 결승점까지 전속력으로 달리자고 아이처럼 떼를 쓴 거지. 네가 얼마나 두렵고 무서울지는 생각도 못 하고 말이야."

그 말에 예린은 그제야 자신이 그토록 불안에 떨었던 이유와 지호가 내민 손을 왜 잡지 못하는지 일순간 정리가 되었다.

"미안해, 예린아. 오빠가 네 입장은 조금도 생각하지 못했어. 단지…… 너무 좋았나 봐. 아무것도 생각 못 할 만큼 네가 좋아서, 그 마음만 중요하게 여겼어. 생각해 보니 기다려 달라는 말조차 감사해야 하는 거였네."

"오빠, 난…… 말로 다 하지 못한 내 마음을 오빠가 이해해 줘서 고마워."

"고맙다고 하니까 더 부끄럽잖아. 진짜 숨고 싶다."

"그러지 마."

예린은 자책하는 지호를 말렸다. 반은 자신의 책임이기

도 하니까.

"기다리는 동안 널 다그치면 안 되는데. 이성은 그러면 안 된다고 말하는데 왜 이렇게 자신이 없는지 모르겠어. 네 눈빛이 내가 아닌 다른 남자를 바라보면 난 이번처럼 널 몰아갈 테고 그러면 넌 또 도망갈 테고. 바보 같은 짓은 한 번으로 충분한데. 그때는 네가 이번보다 더한 벌을 주려나?"

묻는 지호의 목소리가 바닥으로 내려앉았다. 자신 없는 표정으로 잡지 못한 예린을 아련하게 바라보는 눈빛이었다.

"내가 오빠한테 벌을 줄 수 있을까? 나도 자신이 없네."

"그럼 출발은 나랑 하는 거다. 반칙하지 않을게. 얌전히 기다리고 있을 테니까 준비되면 내 옆에 서. 난 지금 마음 그대로 널 기다리며 이 자리에 있을게."

지호가 살며시 예린의 손을 잡았다. 따듯한 온기가 손끝을 따라 심장까지 전해지는 기분이었다. 예린은 부끄러운 듯 지호를 바라보며 고개를 끄덕였다.

어느새 소리 없이 내리던 보슬비가 그치더니 날이 개었다.

그토록 꿈꿨던 대학 생활은 생각만큼 환상적이지 않았

다. 입시 전쟁을 치르고 당당히 합격은 했지만 여전히 미래는 불투명했다.

오로지 대학 합격만을 목표로 긴 시간을 보낸 예린은 목표 달성과 동시에 취업이라는 다른 목표를 세워야 했다. 앞으로 무슨 일을 하면서 어떻게 살지 인생 설계를 조금씩 머릿속에 그리자 이런저런 고민이 밀려왔다.

교정을 빠져나오는 예린의 발걸음이 무거웠다.

"예린아!"

불쑥 나타난 사람은 다름 아닌 지호였다. 그를 바라보는 예린의 얼굴에 반가움과 놀라움이 교차했다.

"어! 오빠? 언제 왔어?"

"내가 옆에 온 것도 모르고 무슨 생각을 그렇게 하는 거야?"

"뭐, 그냥……."

"설마 너한테 무참히 차인 불쌍한 날 생각한 건 아니겠지? 후회 같은 거?"

"아니거든요."

"좀 해 주지."

지호는 장난기 가득한 표정으로 예린의 어깨를 툭 건드렸다. 자신이 이렇게 찾아오지 않으면 좀처럼 만날 수 없는 예린이 야속하기는 했지만 밝은 미소를 볼 수 있다는 사실에 만족해야 했다.

늘 조심성 있고 생각이 많은 예린을 보며 지호는 마음이 아팠다. 그 조심성 뒤에 숨긴 고민과 외로움이 느껴질 때가 있었으니까. 바로 지금처럼.

"오빠한테 말해. 무슨 일이야? 학교생활이 힘들어?"

예린을 항상 힘들게 만든 것은 친구들의 삐뚤어진 시선이었다. 처음 시호와 자신이 다니던 초등학교로 전학 왔을 때도 그랬고, 중학교와 고등학교도 심하면 심했지 덜하지 않았다.

부모님이 다 돌아가시고 고아가 된 예린이 신화그룹 집안에서 자란다는 것은 남들의 부러움과 시샘을 받기에 충분했다. 더구나 예린이 다닌 학교 모두 권력가나 재력가 집안의 아이들이 많아 이 같은 일은 빈번했다.

신화그룹의 뒷배에 직접적으로 괴롭히지는 않았지만 아예 없었다고도 할 수 없었다. 예린은 그 눈총을 다 견디며 학교생활을 해야 했다.

그나마 시호와 자신이 같은 학교에 있어 보호막이 되어주었지만 대학까지 같은 학교를 선택할 수는 없었다. 이제 스스로 설 때가 됐다며 지금 다니는 대학을 선택한 예린을 말려 봤지만 소용없었다. 물론, 성적이 되지 않아 선택의 폭이 좁아진 것도 사실이었다.

그렇게 홀로서기를 시작한 예린을 옆에서 지켜보며 지호는 불안했다. 쉽게 상처 받으면서도 너덜너덜해진 마음을 숨기려는 예린의 모습이 보기 싫었으니까. 그 홀로서기의 끝이 무엇일지 짐작하기에 예린의 대답을 기다리는 지호의 눈빛이 흔들렸다.

"전혀 그런 거 없어. 다행히 이 학교는 나를 모르는 친구들이 많아서 더 편해. 내가 학창 시절을 힘들게 보낸 건 아마 오빠들 그늘에 있어서였나 봐. 그걸 바보같이 이제 깨달은 거지. 앞으로는 혼자 해 보려고. 독립할 준비는 해야지."

"너 지금…… 독립이라고 했어? 어떻게 독립할 건데?"

"아직 구체적으로 생각하지는 않았지."

"그럼 앞으로도 하지 마."

딱 자르는 지호의 말투에는 가시가 돋쳐 있었다. 예감하고 있었던 말이 예린의 입에서 나오자 실망감과 함께 섭섭함이 밀려왔다.

집안 배경이 부담일 수 있다는 것쯤 알고 있었다. 피를 나눈 가족이 아니니 주위의 따가운 시선을 고스란히 감내해야 한다는 것도 말이다.

하지만 그렇다고 멀어지는 것은 용납할 수 없었다. 예린의 독립은 곧 자신에게서 떠난다는 것과 마찬가지라는 느낌을 떨쳐 버릴 수 없었으니까.

"어떻게 그래. 사람이 염치가 있지. 언제까지 어머니하고 오빠들 그늘에서 살 수는 없잖아."

"그렇게 독립하고 싶으면 나한테 시집와. 그럼 지금이라도 독립할 수 있잖아."

"치! 그게 무슨 독립이야. 평생 오빠 그늘에서 사는 거지."

"그러면 좀 어때."

"기다려 준다는 말은 다 거짓말이지?"

"어. 거짓말이었어. 하루하루 피가 말라. 그래서 오늘도 경영 수업 빠지고 온 거야. 어머니가 아시면 노발대발하시겠지. 그래도 이곳까지 오면서 망설이진 않았어. 너한테 가는 길은 항상 즐겁거든."

천사의 미소를 보여 주는 지호 때문에 예린은 아무 말도 할 수 없었다. 그의 말이 달콤하면서도 황홀한 유혹처럼 들렸다. 나란히 걷던 예린의 발걸음이 멈췄다. 그러자 지호도 걸음을 멈추고 예린을 마주 보았다.

"나, 염치도 없고 바보 같은 여자로 만들지 마. 오빠 옆에 서기 너무 부끄럽단 말이야."

"하아……. 네 머릿속에 있는 그 많은 생각을 지우개로 다 지워 버리고 싶다. 그리고 오로지 나 권지호라는 남자 하나만 남겨 두고 싶어. 다른 생각 못 하도록……."

"진짜 날 바보로 만들 생각이네? 확 도망가 버린다."

예린은 살짝 눈을 흘기며 지호를 바라보았다. 장난 그만 하라는 신호였지만 지호의 표정은 그 어느 때보다 진지했다. 오히려 지호를 바라보는 예린의 얼굴에 긴장감이 맴돌았다.

"갈 수 있으면 가 봐. 대신 꼭꼭 숨어. 내가 찾으면 그때는 어떤 변명도 없이 나와 결혼하는 거다. 알았지?"

"시작도 안 했는데 무슨 결혼이야. 또 반칙한다."

"너만 시작하면 돼. 난 이미 10년 전에 시작했거든."

"그만해."

"알았어. 그만할게. 그냥 내 마음이 그렇다고 말해 주는 거야. 어느 날 갑자기 든 생각이 아니라 오랫동안 널 내 마음에 담았다고, 좀 알아 달라고 아이처럼 떼쓰는 거라고."

"자꾸 떼쓰면 미워져. 몰라?"

"우리 예린이 많이 컸네. 협박도 하고."

지호가 손을 뻗어 바람결에 흩어진 예린의 긴 생머리를 귀 뒤로 넘겨 주었다. 다정한 오빠 이상으로 다가오는 지호의 마음에 예린의 심장이 쿵쾅거렸다.

"도망가지 마. 그러면 오빠 미쳐 버릴지도 몰라."

낮고 또렷한 목소리가 예린의 귓가에 들렸다. 예린은 지호의 감미롭고 부드러운 구속이 싫지 않았다. 사랑받고 있다는 것을 느끼게 해 주니까. 지호와 있을 때면 자신이 고 아라는 사실을 까맣게 잊어버렸다.

예린을 바래다주고 집으로 향한 지호는 자신의 차 옆에 주차된 벤츠를 발견하고 머리를 긁적였다.

벤츠가 주차되어 있다는 것은 어머니가 집에 계시다는 뜻과 일맥상통했다. 이는 경영 수업을 빼먹은 사실을 숨길 수 없게 되었다는 말이 된다. 벌써 어머니의 잔소리가 귀 에 들리는 듯했다. 차에서 내려 안채로 향하는 지호의 발 걸음이 절로 조심스러웠다.

"너, 나 좀 보자."

마루에 발을 올려놓자 안방에서 서슬 퍼런 어머니의 목 소리가 들렸다. 목소리만 들어도 이미 알고 계시다는 것을 짐작할 수 있었다. 안방 문을 여는 지호의 손에 기운이 없 었다.

"수업은 왜 빠졌니."

작은 테이블 의자에 앉자마자 어머니의 질책이 이어졌 다.

지호는 애초부터 변명할 생각이 없었다. 변명이 길어질 수록 잔소리도 늘어난다는 것을 너무 잘 알고 있기 때문이 었다. 그래서 어머니의 잔소리를 최대한 짧게 끝내는 쪽으로 마음을 먹었다.

"그냥 좀 쉬고 싶었어요."

"쉬고 싶어? 그게 할 소리야?"

예상했던 말이었다. 이제 반성한다는 표정을 지으며 말대답만 하지 않는다면 빨리 이 방에서 나갈 수 있었다.

"아버지는 지금까지 쉬지 않고 달려오셨어. 오로지 회사를 위해서. 그런 아버지를 본받지는 못할망정 단지 쉬고 싶다니! 신화그룹이 동네 구멍가게인 줄 알아? 회사가 그렇게 만만해 보이냐고! 언제까지 천하태평할 거야."

지호의 입에서 짧은 한숨이 새어 나왔다. 항상 어머니는 자신을 어린아이 취급했다.

신화그룹을 동네 구멍가게로 알고 있는 사람은 아마 아무도 없을 것이다. 이는 지호 자신도 충분히 인지하고 있는 사실이었다.

하지만 아버지만큼 회사에 대한 열정은 없었다. 아버지가 하시는 일이었고, 자신은 그 일을 이어 가야 한다는 의무감만 있을 뿐이었다.

때론, 자신이 아닌 다른 형제가 그 자리를 물려받았으면 했다. 그러나 불행하게도 지호에게 다른 형제는 한창 반항 중인 시호뿐이라 전혀 도움이 되지 않았다.

"아버지 건강이 좋지 않아. 그러니까 딴생각 말고 수업에 열중해. 멍하니 시간만 보내다가 그 자리 도둑맞지 말고."

"도둑이라니요?"

"시호도 경영 수업에 들어갔다고 하더라."

"시호가요? 정말 잘됐네요. 그놈이 노력을 안 해서 그렇지, 저보다 머리는 좋잖아요. 최근 들었던 소식 중에 가장 축하해 줄 일이네요."

함박웃음을 짓고 있는 지호의 모습에 혜선의 표정이 굳어졌다. 도대체 왜 이토록 경영에 욕심이 없는지 이해할 수 없었다. 권력보다 형제를 더 중시하는 지호의 생각을 끊어 내려고 지금까지 노력했지만 헛수고였다. 지호를 바라보는 혜선의 눈빛이 날카로웠다.

"축하? 사촌이 후계자 자리를 넘보고 있는데 축하라는 말이 나와! 그 자리는 어디까지나 네 거야. 정신 차려, 권지호!"

"어머니……. 남도 아니고 사촌이에요. 아버지도 작은아버지와 당당하게 경쟁해서 그 자리에 앉으셨잖아요. 그래서 더 떳떳하신 거고요. 저도……."

"그래. 아버지는 그렇게 하셨지. 그 누구보다 회사에 대한 열정이 있으신 분이니까. 그리고 이 엄마를 위해서 그 자리를 내어 주지 않은 분이니까. 그런데 너는 왜 못 하니?

아버지를 닮았다면 너도 엄마를 위해서 그 자리를 지켜야 하잖아. 안 그래?"

"뭐가 그렇게 불안하신 건데요. 그 자리가 아니면 모든 것을 다 잃는다고 생각 마세요."

"넌 아직 몰라. 네 작은어머니의 욕심과 그 자리가 가져다주는 권력의 맛을……."

언제나 대화는 이런 식으로 끝났다. 세상 모든 것을 가지려는 어머니의 욕심을 충족시키지 못하는 못난 자식으로 마무리되며 오늘도 지호는 안방을 나왔다. 씁쓸하고 허전했다. 시간이 지나도 이해의 폭은 좀처럼 좁혀지지 않았다.

지호는 방으로 향하던 발걸음을 돌려 주차장으로 걸어갔다.

"청승맞게 남의 집 앞에서 뭐하냐?"

오토바이 소리가 들리더니 이내 시호의 모습이 드러났다. 답답한 마음에 예린을 불렀는데 엄한 놈과 마주치고 말았다. 높은 담벼락에 등을 기대고 있던 지호는 시호의 물음에 피식 웃음이 새어 나왔다.

"여기가 남의 집이야?"

"왔으면 들어가라고. 남처럼 이러고 있지 말라는 형님의 뜻을 삐딱하게 해석하지."

"형님은 무슨 얼어 죽을. 예린이 불렀어. 기다리는 중이야."

"예린이가 네 여자 친구도 아닌데 밤낮없이 부르고 그래. 연애 못 하는 것들이 꼭 동생 데리고 놀더라."

한쪽 가슴이 뜨끔했지만 지호는 애써 시호의 눈빛을 피했다.

"그리고 너. 뭘 어떻게 했기에 나까지 경영 수업을 받게 해. 물귀신 작전이야?"

"어. 혼자 받으면 심심하잖아."

"난 그쪽으로 관심 없다고 분명히 말했다. 이쯤에서 네가 수습해. 알았지?"

"작은어머니가 시작하신 일인데 내가 무슨 수로 수습을 해. '그 자리는 제 자리입니다. 그러니까 넘보지 마세요' 라고 정중히 말씀 올릴까?"

비꼬는 말투가 거슬렸지만 시호는 그냥 넘어갔다. 지호가 지쳤다는 것쯤은 짐작할 수 있었으니까. 다만 시호 자신이 해 줄 일이 없어서 안타까울 뿐이었다.

"네가 똑바로 안 해서 빈틈이 생기니까 엄마가 밀어붙이는 거잖아. 너 요즘 무슨 생각으로 사냐? 왜 이렇게 흐트러졌어?"

"그러는 넌 무슨 생각으로 살아? 나도 너처럼 자유롭게 살면 안 돼?"

"어. 넌 안 돼. 이 집안에서 사고 치는 놈은 나 하나로 족하거든."

"캐릭터 확실해서 좋겠다."

"캐릭터는 먼저 설정한 놈이 우선이야. 그러니까 따라 하지 마."

서로를 마주 보는 두 사람의 눈가에 근심이 가득했다.

태어나면서부터 정해진 앞날. 하고 싶은 꿈보다 해야 하는 의무를 더 중시하는 세계에서 멀쩡히 버틴다는 것은 쉬운 일이 아니었다. 하루에도 수백 번씩 하고 싶은 일에 대한 갈망이 생기고 자유롭지 못한 나 자신에게 동정표를 던진다.

그렇게 후회하면서 현실과 타협하고, 그것도 안 되면 시호처럼 반항이 시작된다. 아무도 이해하지 못하는 본인만의 절규. 지호는 지금 아슬아슬한 줄타기를 홀로 하고 있었다.

"큰어머니랑 무슨 문제 있냐?"

"넌 작은어머니 속을 언제까지 썩일 건데. 그 정도면 할 만큼 했잖아."

"나도 뭐, 썩 좋아서 하는 일은 아닌데 엄마가 포기를 모르시네. 경영 수업에 날 밀어 넣은 걸 보면 아직도 기대하고 계신 것 같아. 그래서 좀 더 하려고. 그 반항."

"날 위해서 하는 반항이면 그만해."

"소설 쓰지 마. 내가 하기 싫어서 그러는 거니까."

"우리가 지금 복에 겨워서 이런 말을 하는 거지? 남들은 가지지 못해서 안달인데 말이야."

"그럴지도."

씁쓸한 두 사람의 대화가 끝나자 털컥 하고 대문이 열리며 예린이 나왔다. 두 남자의 시선이 예린에게 향했다.

"어! 시호 오빠도 있었어? 안 들어오고 여기서 뭐해?"

예린이 대문을 닫으며 시호를 바라보았다.

"들어갈 수가 있어야지. 늑대 같은 놈이 집 앞에서 하나밖에 없는 내 여동생을 기다리고 있는데 어떻게 들어가."

"무슨 늑대야. 지호 오빠처럼 착한 사람이 어디 있다고. 오랜만에 보니까 좋아서 알콩달콩 얘기하고 있었구나?"

"알콩달콩 좋아하네. 넌 아직도 오빠를 몰라? 이놈하고 알콩달콩이 돼?"

"어. 두 사람은 돼. 난 알지. 서로 얼마나 아끼는지."

예린에게 속마음을 들켜 그런지 시호는 헛기침만 했다. 지호도 먼 산을 향해 시선을 돌렸다.

"알콩달콩 더 하게 내가 자리 비켜 줄까?"

두 사람을 놀리는 예린의 표정에는 장난기가 가득했다.

"그만 놀려라."

"알았어. 아! 나 오빠 방 옷장 열어 보고 기절했잖아."

"열어 보기만 했어? 정리는 안 하고?"

"했지. 봤는데 어떻게 정리를 안 해."

"잘했네. 기특한 것."

시호는 마음에 쏙 든다는 표정으로 예린의 머리를 쓰다듬었다. 다정한 두 사람의 모습에 괜한 심술이 든 지호는 팔짱을 낀 채 두 사람을 바라보았다. 자신에게는 너무 소중한 예린을 시호가 막 대하는 것 같아 언짢았다.

"너 뭐야. 예린이한테 옷장 정리도 시켜?"

"왜, 못마땅해? 원래 오빠들은 다 그러는 거야."

"미쳤냐?"

"아니, 지극히 정상이지. 그리고 난 시키지 않았어. 우리 착한 예린이가 알아서 해 주는 거지. 그럼 난 들어간다. 예린이 일찍 들여보내. 늦게까지 붙잡고 있지 말고."

"누구한테 설교야."

"너란 놈한테."

시호가 오토바이를 끌고 주차장으로 들어가자 남은 두 사람 사이에 찬바람이 불었다. 괜한 말을 꺼냈나 싶어 예린은 지호의 눈치를 살폈다. 여전히 지호의 표정은 잔뜩 굳어 있었다.

"화났어?"

"어."

"별것도 아닌 일로 왜 그래."

"저놈이 화나게 하잖아. 그리고 앞으로 시호 방 정리해 주지 마. 자꾸 해 주니까 저러지."

"그냥 좀 지저분해서 했어. 매번 해 주는 거 아니야."

"타. 드라이브나 하자."

"드라이브? 잠깐 얼굴만 보자면서. 조금 이따 저녁 먹어야지."

"오빠가 너 굶길까 봐 그래?"

"아니요. 집에 들어가서 식사하시라고요."

"싫어. 오늘은 어머니와 마주하고 싶지 않아."

예린은 삐뚤어진 지호의 말투에서 안 좋은 느낌을 받았다. 운전석으로 향하는 지호의 뒤를 따라 예린도 두말없이 차에 올랐다. 두 사람을 태운 차가 복잡한 도심을 빠져나갔다.

시원하게 서울 외곽을 달리던 차가 한적한 공원으로 접어들었다. 차에서 내린 두 사람은 말없이 걷기만 했다. 은은하게 비추는 가로등 불빛을 따라 걸으며 예린은 지호의 표정을 슬쩍 살폈다. 신경이 온통 지호에게 쏠렸다.

"오늘 경영 수업 빠져서 혼난 거지?"

망설이던 예린이 조심스레 말을 건넸다.

"내 얼굴에 쓰여 있나. 잘도 맞추네."

"그러게 왜 괜한 분란을 만들어. 열심히 수업이나 듣지."

"이래서 여동생이 아니라 여자 친구가 필요한 거구나."

지호가 낮게 읊조렸다.

"무슨…… 뜻이야?"

"이미 잔소리는 어머니에게 많이 들었다고. 가족들이 옆에서 하는 걱정이나 훈계 말고 여자 친구가 해 주는 위로가 필요한데. 어려운 부탁인가?"

이제야 예린은 지호가 자신을 찾아온 이유를 조금 알 것 같았다. 미안함이 가득 담긴 눈으로 그를 바라보던 예린이 호수 앞에서 걸음을 멈췄다.

"내가 주동자 같아서 위로 못 하겠어."

"내 발로 널 찾아갔는데 무슨 주동자야. 너한테 빠진 내 마음이 문제지."

"난 잘 모르겠어. 오빠가 왜 날 좋아하는지."

"꼭 이유가 있어야 하는 건가?"

지호는 그윽한 눈빛으로 예린을 바라보았다. 눈에 넣어도 아프지 않을 만큼 사랑스럽다는 눈빛을 보내며 말없이 예린의 옆에 서 있었다.

"없는 게 더 이상한 거 아니야?"

"그럼 지금부터 생각해 볼게. 널 좋아하는 이유라……."

중얼거리듯 말을 뱉은 지호의 시선이 호수로 향했다. 호수에 비친 가로등 불빛이 잔잔하게 일렁거렸다. 깊은 생각에 빠진 사람처럼 호수를 바라보는 지호의 표정이 진지했다.

"10년 전 울면서 했던 떠나지 말라는 그 말에 가슴 아팠고. 할머니의 반대에 널 지켜야겠다고 다짐했어. 사춘기가 되면서 이성에 눈을 뜬 내 옆에 네가 있었고. 여자가 되는 널 보면서 하루하루 커져 가는 불안함을 다독였지. 같이 있는 시간이 좋았고, 떨어져 있는 시간이 너무 길게 느껴졌어. 좋은 일이든, 나쁜 일이든 제일 먼저 떠오른 사람이 너였다면…… 이런 것도 이유가 될까? 그냥 너라서 좋은 거라고 하면 부족하니?"

뭐라 반문할 수 없는 물음이었다. 숱한 이유를 늘어놓고 가장 강력한 '너'라는 존재 하나를 추가시키니 할 말을 잃어버렸다. 사람이 사람을 좋아하는 데 이유가 있을 수 없다는 뜻을 일깨워 주려는 지호의 의도 같았다.

"나…… 행복한 고민하는 거지? 오빠처럼 좋은 사람 앞에 두고 가당치도 않게 저울질하는 거잖아."

"훗, 저울질을 할 줄은 알고?"

"오빠와 남자 사이에서 고민하고 있으면 저울질이지, 뭐. 와! 생각해 보니까 나 정말 못됐다. 이러다 벌 받아서 오빠도 남자도 다 놓치면 어쩌지?"

"지금 그걸 위로라고 하는 거야? 모호한 답만 해 놓고? 너무 잔인한데."

"잔인하지 않도록 노력해 볼게."

"하, 정말. 네 말 한마디에 울었다 웃었다 하는 내가 더 한심하다. 으이그."

예린의 머리를 한 손으로 흐트러뜨리며 지호가 미소를 지었다. 가슴 한편으로는 예린을 이해하면서도 성큼 다가 가고 싶은 야성의 마음이 있나 보다. 오늘도 지호는 그런 자신을 탓하며 조용히 한발 물러났다.

"우와! 기분 좋다. 오빠가 웃어서."

"나도 좋다."

"왜? 내가 웃겨 줘서?"

"아니. 저울질당하는 내가 대견해서. 가능성이 있다는 뜻이잖아."

"일류 대학 들어가면 다 오빠처럼 돼?"

"갑자기 무슨 말이야?"

"해석이 좋아서. 히히."

아이처럼 맑은 눈빛으로 자신을 놀리는 예린의 표정에 지호는 마냥 행복했다. 자신이 웃는 것보다 예린의 미소를 보는 것이 더 좋은 이유는 무엇일까? 지호는 천천히 걸음을 옮기는 예린의 뒤를 따라가며 생각했다. 사랑은 나보다 상대가 더 행복할 때 가치 있다고.

다음 날 아침, 예린은 서둘러 아침 식사를 하고 일어났다. 항상 기사가 승용차로 등교를 시켜 주었지만 오늘은 자영이 아침부터 외출해 데려다줄 사람이 없었다.

아침을 먹으며 시호가 오토바이로 데려다주겠다 했지만 사양했다. 스피드를 즐기는 시호의 오토바이 뒤에 매달려 갔다가는 심장마비로 죽을 것 같았으니까. 차라리 복잡한 지하철이 더 안전하다는 결론을 내렸다.

기다리라는 시호의 말을 뒤로하고 대문을 연 예린은 갑자기 울리는 경적에 몸을 움찔했다.

'깜짝이야!'

대문을 열자마자 기다렸다는 듯 울리는 경적에 예린은 집 앞을 살폈다. 익숙한 차 한 대가 떡하니 자리를 잡고 있었고 그 옆으로 말끔한 지호의 모습이 보였다.

"오빠가 이 시간에 여기 왜 있어?"

대문을 닫으며 예린이 다가갔다.

"경영 수업 빠지지 말라며. 그래서 아침에 왔지."

"그렇다고 아침부터 오면 어떡해. 정말 미쳤나 봐."

"미쳤지. 너한테."

장난 가득한 지호의 표정에 예린은 입을 떡 벌리고 할 말을 잃었다. 능청스런 말투에 닭살이 돋을 정도였다.

"빨리 가. 조금 있으면 시호 오빠 나온단 말이야."

"내가 못 올 데라도 온 건가? 여긴 내 사촌 집이야."

"됐어. 괜히 시끄럽게 하지 말고 빨리 가기나 해."

지호의 등을 억지로 떠밀며 차 문을 연 예린은 등 뒤에서 대문이 열리는 소리에 화들짝 놀랐다. 아니나 다를까 두 사람의 옥신각신하는 모습을 시호가 모두 보고 말았다. 시호의 의심스럽다는 눈초리에 예린의 심장이 덜컹 내려앉았다.

"너 어제부터 자주 등장한다. 우리 집 앞에 뭐 숨겨 놨냐?"

"어."

"뭐?"

"아주 귀한 보물."

지호의 말에 까무러칠 듯 놀란 이는 예린이었다. 혹여 시호가 눈치라도 챌까 조마조마한 심정으로 마른침을 삼켰다. 예린은 시호 몰래 지호의 옆구리를 쿡 찔렀다.

"보물?"

시호는 콧방귀를 뀌었다. 초등학교 소풍 가서 하는 보물찾기도 아니고 그런 말을 누가 믿겠냐는 표정이었다. 하지만 이내 무슨 생각이 들었는지 지호를 노려보는 시호의 눈빛이 살짝 흔들렸다.

'가만…… 다음 주가 내 생일인데.'

시호의 눈빛이 반짝반짝 빛났다.

"오호라, 둘이서 날 위해 재미있는 이벤트를 준비하셨군. 기특한 것들. 생일이 무슨 대수라고 이렇게까지 준비를 해. 미안하게."

생일이라는 말에 지호와 예린이 서로의 얼굴을 마주 보며 놀란 표정을 지었다. 차마 아니라고 말할 수 없었던 예린은 벙어리처럼 입을 꾹 다물었다.

"알았어. 모른 척하고 찾아볼게. 됐지? 그러니까 얼굴들 펴."

점점 더 확신하는 시호의 말투에 지호는 은근 재미가 붙었다.

"그러든지. 근데 등잔 밑이 어둡다고, 아마 넌 찾아도 그게 보물인지 모를 거야."

"내가 바보냐! 봐도 모르게!"

버럭 성질을 부린 시호는 주머니에서 리모컨을 꺼내 눌

렀다. 그러자 주차장 입구 문이 위로 올라가며 시끄러운 소리를 냈다.

"그리고 송예린."

"어? 나…… 왜?"

갑작스런 시호의 부름에 예린은 말까지 더듬으며 대답했다. 잠잠했던 심장이 쿵쾅거렸다.

"오토바이 타기 싫어서 그새 지호를 불렀냐? 지호가 무슨 흑기사야? 부르면 쪼르륵 달려오게. 그런 건 남자 친구한테 부탁하는 거야. 바보야."

"어. 알……았어."

벌렁거렸던 가슴을 한 손으로 쓸어내리며 예린은 안도의 한숨을 내쉬었다. 예린의 긴장된 모습이 재미있는지 지호는 연신 피식 웃고 있었다.

"아침 먹으면서 내내 태워 준다고 해도 사양하더니 믿는 구석이 있었어. 애가 스피드를 즐길 줄 몰라."

"나까지 즐기면 어머니 쓰러지셔."

"어쨌든. 그리고 지호 너! 예린이 공주님처럼 학교 앞까지 모셔다 드려라. 선물은 학교 갔다 와서 찾으마."

시호가 오토바이를 타고 바람처럼 사라지자 예린은 기운이 쭉 빠졌다. 아침부터 한바탕 웃지 못할 해프닝을 겪은 기분이었다.

"이제 어쩔 거야."

"몰라, 나도."

서로를 바라보며 웃는 두 사람의 얼굴에는 봄꽃이 만개
했다.

2

장마

    학기말 시험이 끝나자마자 예린은 운전면허 시험을 준비했다. 옆에 훌륭한 선생님을 두 분이나 둔 덕에 예린은 필기와 기능 모두 한 번에 합격했다. 마지막 도로 주행에 합격하고 학원을 나서는 발걸음이 가벼웠다.

    학원 앞에서 지호를 기다리다 약속 시간이 지난 것을 확인한 예린은 주위를 두리번거렸다.

    날이 더운 것도 있었지만 긴장감이 풀려 그런지 목이 타는 느낌이었다. 학원 근처에 있는 작은 카페에 들어가 시원한 아이스커피를 두 잔 들고 나온 예린은 자신을 향해 속도를 줄이며 다가오는 차를 발견했다.

"오빠가 좀 늦었지? 미안."

조수석 창문이 열리고 지호의 얼굴이 보였다. 허리를 굽혀 활짝 웃은 예린은 창문으로 커피를 건넸다.

"안 그래도 오면서 졸렸는데 예쁜 짓만 골라 하네."

"오빠는 덤이야. 내가 먹고 싶었거든."

차에 올라탄 예린이 조수석 문을 닫으며 말했다. 가방을 무릎 위에 올려놓고 안전벨트를 매는 예린을 바라보며 지호는 고개를 설레설레 저었다. 시간이 지날수록 예린의 미모가 불안감을 가중시켰지만 내색할 수는 없었다.

"합격했어?"

"당연하지. 오빠가 가르쳐 줬는데. 이 고마움을 커피로 대신하기에는 좀 너무하지?"

"그걸 말이라고 해? 더구나 내 커피는 덤이라며."

"그럼 뭘로 할까?"

"간단하게 입술?"

"어흐, 닭살. 뭐야! 요즘 정말 왜 그래."

예린이 지호의 어깨를 두 손으로 툭툭 때리면서 발을 굴렀다. 불쑥불쑥 나오는 지호의 말 한마디에 몸서리를 친 적이 한두 번이 아니었다. 둘이 있을 때는 그렇다 치더라도 시호 오빠가 있을 때면 오금이 다 저렸다. 가면 갈수록 지호의 표현 수위가 높아지고 있어 걱정이 태산이었다.

"어엇! 야, 그만! 이러다 커피 쏟아."

"다시는 그런 말 하지 마. 알았지!"

"하면 어쩔 건데?"

지호가 예린에게 커피를 건네며 뻔뻔한 표정으로 물었다. 예린의 얼굴빛이 붉으락푸르락했다.

"더 세게 때려 줄 거야."

씩씩거리는 예린의 목소리에 지호의 입에서 웃음이 새어 나왔다. 자신의 장난에 예린이 반응을 보이자 즐기고 싶은 욕심이 들었다.

"퍽이나 아프겠다. 그냥 입술 한번 훔치고 몇 대 맞지, 뭐."

"아하. 나 가지고 노니까 재미있어 죽겠지!"

"그 어떤 예능 프로보다 재밌지."

"요즘 시호 오빠 닮아 가는 것 같아. 갈수록 짓궂어."

"내가? 그 말…… 욕하는 것보다 더 기분 나쁜데."

"칫!"

정면을 응시하며 아이스커피를 빨대로 쪽쪽 빨던 예린의 머릿속에 번뜩 떠오른 것이 있었다. 서둘러 아이스커피를 차량용 컵 꽂이에 내려놓고 가방을 뒤적이는 예린의 손이 분주했다.

"갑자기 뭘 찾아?"

"시호 오빠가 전해 주라는 것이 있었는데. 어디 있지?"

아무리 뒤적여도 원하는 것이 나오지 않자 예린은 가방 안의 물건을 하나하나 꺼내 놓기 시작했다. 그 모습을 멀뚱히 지켜보던 지호는 예린의 가방에서 나온 물건들에 혀를 찼다.

"도대체 뭐가 이렇게 많이 들어 있는 거야. 다 들어가기는 해?"

"여자 가방은 다 그래."

"등본은 왜 들고 다녀?"

"등본? 아…… 저번에 발급받은 거야. 잃어버린 줄 알고 다시 발급했는데 여태 가방 안에 넣고 다녔나 봐."

무심히 지나가는 투로 말을 던진 예린은 여전히 시호가 준 물건을 찾는 데 열중했다. 그사이 지호는 등본을 세심하게 살폈다. 작은아버지와 작은어머니, 그리고 시호 밑으로 예린의 이름이 보였다.

'동거인이라…….'

등본에는 예린이 동거인으로 되어 있었다. 성이 다르고 친·인척도 아니었으니 예린은 그저 시호 집에 같이 사는 동거인일 뿐이었다.

지호는 9년 전 할머니와 작은어머니가 나누었던 대화를 똑똑히 기억하고 있었다. 예린을 허락하지만 호적에 올릴 수 없다는 할머니의 조건을 작은어머니가 마지못해 받아들이셨다. 그렇게 동거인이 된 송예린.

그때는 너무 어려서 동거인의 뜻이 무엇인지 몰랐다. 단지, 예린을 할머니가 인정해 주셔서 다행이라는 생각뿐이었다. 그렇게 가족 아닌 가족으로 지낸 시간이 어느덧 10년이었다.

"찾았다! 만년필. 사장님이 오빠 고등학교 졸업 선물로 준 거라며? 다행히 시호 오빠 방에 떨어뜨려서 찾았지, 밖이었으면 잃어버렸어. 앞으로 조심해."

지호 앞에 만년필을 내민 예린의 손이 부끄러웠다. 무슨 생각에 빠져 있는지 지호는 등본을 뚫어져라 바라보고 있었다.

"오빠? 지호 오빠!"

예린이 조금 큰 소리로 부르자 그제야 지호가 고개를 들었다.

"만년필 받으라고."

"어. 그래. 시호한테 고맙다고 전해 줘."

"응. 근데 등본은 왜 그렇게 봐?"

"아니, 그냥 생각나는 일이 있어서. 오빠가 옛날이야기 하나 해 줄까?"

"갑자기 무슨 옛날이야기? 나 동화책 읽을 나이는 훨씬 지났는데."

"음…… 내가 중학교 2학년 때였으니까 7년 전 일이구나."

잠시 생각에 잠겨 있던 지호가 쓸쓸한 미소를 지었다. 예린은 옆에서 조용히 지호가 말을 이어 가길 기다리고 있었다.

"7년 전 그때도 오늘처럼 우연히 등본을 보게 됐어. 시호 이름 밑에 네 이름이 있는데 동거인으로 되어 있더라고. 동거인이 무슨 뜻인지 알고 나서 내가 잠깐 눈이 뒤집혔어. 할머니에게 처음으로 대들었지. 왜 예린이가 동거인이냐고. 내 동생이고 시호 동생인데, 왜 가족이 아니냐고."

그때 지호는 할머니 앞에서 정신 나간 놈처럼 목소리를 높였다. 어차피 허락하신 거 가족으로 인정해 주시면 안 되냐고. 이런 식으로 꼭 예린의 가슴에 상처를 줘야겠냐고 따져 물었다.

아직도 할머니 앞에서 주눅이 든 예린의 모습이 가엾지도 않느냐고 너무하신다고 고래고래 소리를 지르다 끝내 아버지에게 회초리까지 맞았다. 하지만 맞으면서도 절대 인정할 수 없었던 사실에 괜한 설움이 복받쳐 이를 악물고 눈물을 참았다.

아버지는 할머니에게 가서 무릎 꿇고 죄송하다는 말씀을 올리라고 하셨지만 지호는 그러지 않았다. 그때는 잘못한 일이 아니라고 생각했으니까.

"정말 할머니한테 대들었어? 기가 막히다. 요즘 중2면 국방부 소속이라고 하더니 오빠도 그랬던 거야? 할머니가 무섭지도 않아?"

"무섭지. 무서웠지. 그런데 그때는 아무것도 무섭지 않았어."

널 위한 일이었으니까. 널 위해서는 그 어떤 것도 무섭지 않았으니까. 아버지에게 회초리로 맞은 자리가 아파 밤새 울면서도 후회하지 않았으니까. 지금도 널 위한 일이라면 망설일 이유가 전혀 없으니까.

다하지 못한 지호의 말이 입안에서 삼켜졌다.

그런데 지금은 할머니의 선택에 너무 감사했다. 만약 예린이 호적에 올라갔다면 지호에게는 넘어야 할 산이 하나 더 있는 것이었다. 적어도 예린을 사랑하면서 서류상 문제는 없으니 오히려 할머니한테 큰절이라도 해야 될 입장이었다.

"하아. 오빠도 대단하다. 앞으로 할머니한테 잘해. 오빠를 얼마나 예뻐하시는데 그런 일로 대들어. 난 지금도 할머니가 무서운데. 어흐, 생각만 해도 끔찍해."

예린은 몸서리를 치며 고개를 저었다. 할머니에게 말대꾸조차 하지 않는 예린에게는 정말 큰 사건이 아닐 수 없을 것이다. 물론, 그런 일을 지호가 왜 했는지 안다면 더 놀랄 테지만.

"이제 옛날이야기 끝났으면 출발할까? 벌써 30분이나 지났어. 이러다 오빠 경영 수업에 또 늦어."

"그래, 재미없는 옛날이야기는 그만하고 가자."

미끄러지듯 출발한 차량은 금세 제 속도를 내며 달리기 시작했다.

경영 수업을 끝내고 서재로 향하던 지호의 발걸음이 멈췄다. 복도를 지나가다 정원 한쪽에 가득 핀 장미 넝쿨에 시선이 머물렀다. 22년을 이 집에서 살았지만 한 번도 장미꽃에 관심을 가지지 않았다. 심지어 장미 넝쿨이 정원에 있었는지조차 몰랐다.

분명 저 꽃은 작년에도 피었을 것이다. 어쩌면 자신이 태어난 해부터 매해 아름다운 꽃을 피웠는지도 모르는 일이었다. 하지만 이제야 장미꽃이 눈에 들어오는 이유는 무엇일까. 빨간색과 분홍색이 어우러진 넝쿨을 바라보며 지호는 문득 예린의 얼굴을 떠올렸다. 입가에 절로 미소가 지어졌다.

"뭐가 그렇게 좋아서 혼자 웃고 그래."

굵은 목소리의 남자는 지호의 아버지, 권 사장이었다.

"일찍 들어오셨네요."

"그래. 요즘 좀 피곤한 것 같아서 일찍 들어왔지. 그러는 넌, 복도에 서서 혼자 히죽 웃는 이유가 뭐야?"

"아무것도 아니에요."

"싱거운 놈. 아무것도 아니라고 하면 아버지가 믿어 줄 것 같아?"

"모른 척하세요."

지호는 자신의 머리를 긁적이며 아버지의 시선을 회피했다. 자신의 마음이 예린에게 있다는 것을 알고 있는 아버지에게 괜한 모습을 들켜 버린 것 같아 창피했다. 두고두고 놀리실 것 같아 속으로 걱정이 되었다.

"아주 푹 빠졌군. 예린이 어디가 그렇게 좋냐?"

"착하잖아요."

"좋아한다는 놈 입에서 겨우 나온다는 말이…… 쯧쯧쯧."

"그만 놀리세요."

지호가 걸음을 옮겨 서재로 들어서자 권 사장도 따라 들어갔다. 책장 앞에 서서 무엇인가 찾고 있는 지호의 뒷모습을 바라보며 권 사장은 책상에 앉았다. 아들을 놀리는 재미가 쏠쏠한지 연신 입가에서 미소가 떠나질 않았다.

"아버지는 네 편이다."

"네? 갑자기 무슨 말씀이세요?"

지호가 책장에서 책을 꺼내다 말고 돌아섰다. 입가에 야릇한 미소를 짓고 있는 아버지의 모습에 지호는 고개를 갸웃거렸다.

"준비되면 슬쩍 귀띔이나 해. 할머니는 아버지가 설득해 볼 테니까."

"정말이세요?"

"그럼 이 나이에 아버지가 빈말이라도 할 것 같아?"

"생각도 못 한 일이라서 지금 좀 벙벙해요."

책상 앞에 의자를 끌어다 앉은 지호는 아버지를 바라보았다. 그동안 아버지와 대화는커녕 얼굴을 볼 시간조차 없었다. 얼마 전 슬쩍 예린이 어떠냐고 물어봤는데 그 말을 기억하고 계신 것 같았다. 이렇듯 먼저 알아주시니 지호는 가장 강력한 지원군을 얻은 기분이었다.

"이놈아, 아버지 얼굴 뚫어지겠다."

"궁금해서 그러는데요. 할머니는 어떻게 설득하실 생각이세요?"

"왜? 아버지가 못 할 것 같아?"

"할머니, 고집 있으시잖아요."

"있지. 그래도 네 어머니를 허락하셨던 분이지."

권 사장이 혜선과 결혼할 당시에도 집안의 반대는 극심했다. 권 사장은 어느 날 고아인 혜선을 데려와 이 여자가 아니면 결혼을 하지 않겠다고 엄포를 놓았다.

그러나 쉽게 물러날 어머니가 아니셨다. 결혼은 집안끼리 하는 거라며 혜선의 인사조차 받지 않으셨던 분이었다. 아니, 더 정확히 말해 혜선의 존재 자체를 무시했다고 하는 것이 옳았다.

그 뒤로 이런저런 핑계를 만들어 권 사장을 선 자리로 밀어 넣었고 참다못한 권 사장은 극단의 조치로 집과 회사를 박차고 나왔다. 사람들의 이목과 사회적 위치를 그 누구보다 중시하셨던 어머니는 마지못해 결혼을 승낙하셨다.

비록 결혼하기까지 2년이라는 시간을 어머니와 싸워야 했지만 그때의 결정에 후회는 없었다.

"자식 이기는 부모 없다고, 이미 할머니는 뼈아픈 패배를 경험했으니 어쩌면 손자인 넌 아버지보다 더 쉬울지 몰라. 그러니까 예린이 마음이나 잘 붙들어."

"감사합니다. 그럴게요."

"대신 어머니는 네 몫이다. 알았지?"

"그럼요."

"수업 빠지지 말고, 인마. 네 어머니 관심이 어느 쪽인지

파악했으면 발 빠르게 움직여. 그래야 승산이 있는 거야."

권 사장은 지호까지 힘든 결혼을 하도록 둘 수 없었다. 어머니와 싸웠던 2년의 세월은 권 사장에게도 좋은 추억은 아니었다. 가족끼리 서로 으르렁거리며 고집을 꺾지 않았던 그때로 다시 돌아가고 싶지 않았다.

더욱이 지호에게 집안끼리 정해진, 사랑이 없는 결혼은 시키고 싶지 않았다. 자신이 사랑하는 여자와 삶을 같이한다는 것이 얼마나 행복한 일인지 일깨워 주고 싶었으니까. 자리에서 일어나는 지호를 바라보며 권 사장은 흐뭇한 미소를 지었다.

"이만 나가 볼게요."

서재를 나서다 말고 문뜩 무슨 생각이 들었는지 지호는 고개를 돌려 아버지를 바라보았다.. 한쪽 손으로 이마를 짚으며 눈살을 찌푸린 아버지의 모습에 지호는 다시 책상 앞으로 다가갔다.

"왜 그러세요? 머리가 아프세요? 약 가져다 드릴까요?"

"아니다. 요즘 일이 많아서 그래. 신경 쓸 것 없어."

"일도 좋지만 좀 쉬셔야 해요."

"아버지 쉬게 해 주고 싶으면 빨리 커서 회사로 들어와. 그래야 마음 놓고 쉬지. 그전까지는 안 돼."

"고집도 참. 잠깐만 계세요. 약 찾아올게요."

"그래."

서둘러 서재를 나가는 지호의 뒷모습을 바라보는 권 사장의 눈가가 촉촉했다. 눈에 넣어도 아프지 않을, 단 하나밖에 없는 아들의 앞날을 생각하니 괜한 부성애가 가슴을 울렸다.

어느새 지긋지긋한 장마가 시작되었다. 종일 내리는 굵은 빗줄기는 그칠 줄 몰랐고 습한 기온은 사람을 처지게 만들었다. 하늘에 구멍이 뚫린 것처럼 쏟아붓는 빗소리를 들으며 예린은 거실 소파에 앉아 있었다. 아무것도 하고 싶지 않은 하루였다.

오늘은 혼자 집을 지켜야 했다. 이틀 전 시호는 친구들과 바닷가로 여행을 떠났고, 부모님은 부부 동반 모임으로 일본에 가셨다. 집안일을 봐주시는 아주머니까지 개인 사정으로 시골에 내려가셔서 내일 오후에 돌아온다고 했다. 오랜만에 혼자 있는 시간이 여유롭기는 했지만 날씨 탓인지 기분은 바닥까지 내려앉았다.

딩동! 딩동!

진하게 커피를 타서 한 모금 마시던 그때 초인종 소리가 울렸다. 오후 4시를 넘어서는 시간. 혼자 있는 집에 울리는 초인종 소리가 스산하게 들렸다.

"누구세요?"

"오빠."

짧은 대답의 주인공은 지호였다. 대문을 열어 주고 현관 앞에 선 예린은 '왜 왔지?' 라는 표정을 지어 보였다. 어렴풋이 대문 닫히는 소리가 들리고 머지않아 현관문이 열렸다.

"엄청나게 쏟아붓는다."

지호가 들어오면서 하는 소리였다. 빗물이 떨어지는 우산을 우산꽂이에 꽂고 신발을 벗은 지호는 예린이 놓아 준 슬리퍼로 갈아 신었다. 성큼성큼 거실로 들어선 지호의 뒤를 따라가며 예린이 물었다.

"왜 왔어?"

"너 혼자 있잖아."

"그건 또 어떻게 알았대?"

예린의 물음에 지호는 대꾸도 없이 소파에 앉았다. 탁자에 놓인 커피 잔을 확인한 지호는 주위를 두리번거렸다.

"누구 찾아? 시호 오빠도 없어."

"알아. 아주머니는?"

"시골 가셨어. 왜 왔냐니까."

"너 감시하러. 시호 부탁으로."

"날? 날 왜 감시해?"

예린은 두 눈을 깜박거리며 지호를 바라보았다. 황당한 대답이 아닐 수 없었다.

"집에 어른들 안 계시다고 남자와 단둘이 있을까 봐 왔지."

"정말 그런 불순한 생각을 했어? 오빠가?"

"아니, 이건 시호 생각이고. 나야 그 핑계로 너와 단둘이 있을 수 있으니까 좋고."

"오빠들은 다 그래? 잔소리만 늘었어. 이상한 상상이나 하고."

"다 그런 거야. 오빠도 커피 한 잔만."

예린이 눈을 흘기며 주방으로 사라지자 지호는 창밖을 내다보았다. 시원하게 내리는 빗줄기에 답답한 마음이 씻겨 내려가는 기분이었다. 며칠 전 아버지와 나눴던 대화를 머릿속에 떠올렸다. 자신의 편이 되어 할머니를 설득해 주겠다는 아버지의 말에 날듯이 기뻤지만 어머니를 설득하라는 난관에 봉착했다. 어쩌면 할머니보다 더 어려운 상대가 될 수 있는 어머니를 어떤 식으로 설득해야 할지 벌써 고민이었다. 지호의 입에서 짧은 한숨이 새어 나왔다.

"무슨 생각해?"

"아니야. 아무것도."

지호는 김이 모락모락 올라오는 머그잔을 예린에게 건

네받았다. 천천히 한 모금 마시자 커피 향이 입안 가득 퍼졌다.

"좋다."

"시호 오빠가 뭘 좀 모르네. 오빠가 더 위험한 인물이라는 걸."

"그런 말 하는 거 보니까 날 남자로 보기는 하나 보네?"

"무슨 말을 못 해."

"크크크. 그거 알면 난 시호 손에 죽어. 오빠 좀 살려 주지? 기다려 달라고 해서 얌전히 기다리고 있는데. 말 잘 듣는 착한 아이처럼."

"식기 전에 커피나 드세요."

빗소리를 음악 삼아 마시는 커피는 생각보다 더 달콤하고 부드러웠다. 커피 맛에 빠진 두 사람은 한동안 말이 없었다.

"다 마셨으면 가."

"더 마실 거야. 리필."

"커피숍도 아니고 리필 안 돼. 그냥 가."

"야, 송예린. 넌 나 보면 가라는 소리 말고 할 말이 없어? 가령 더 있다 가라든가. 아니면 아주 자고 가라든가."

"꿈도 야무지시네. 낯간지러워서 그런 말 못 해."

"그럼 지금부터라도 연습하든가."

늘 이런 식이었다. 장난스럽게 툭툭 던지지만 마음을 담아 표현하는 지호 때문에 예린은 오늘도 심장이 두근거렸다.

과하게 다가오지는 않지만 닿을 듯 말 듯 거리를 유지하며 자신을 바라보는 지호의 눈길에 가슴이 설레는 것도 사실이었다.

고백을 받은 지 5개월이 지났다. 기다려 달라는 말을 던져 놓고 자신이 먼저 흔들렸다. 알 수 없는 감정의 변화에 예린 자신도 흠칫 놀랄 때가 많았다.

"'가랑비에 옷 젖는 줄 모른다' 는 속담 알아?"

"또 무슨 말이 하고 싶은데."

"그렇다고. 사랑이란 감정도 똑같다는 말이지. 간다."

커피 잔을 탁자에 내려놓고 소파에서 일어나는 지호를 따라 예린도 일어났다. 현관 쪽으로 향하는 지호의 뒷모습이 쓸쓸해 보였다. 자신이 세운 방어벽 앞에서 돌아서는 그 모습이 오늘따라 더 안쓰럽게 느껴졌다.

"오빠."

"응? 왜."

예린의 부름에 지호가 돌아섰다.

"난 있잖아. 오빠가 있어서 외롭지 않아. 그런데 오빠는 가끔 힘들어 보여. 나에게는 다 얘기하라고 하면서 오빠는 항상 '아니야' 라는 말로 넘겨 버리잖아. 오늘도 내 걱정 하면서 한걸음에 달려와, 나 불편할까 봐 말없이 일어나고. 그래서 오빠의 뒷모습을 보면 자꾸 마음이 아파. 난 받기만 하고 오빠한테 줄 게 없어서."

"있어. 예린아."

말이 끝나기가 무섭게 예린에게 성큼성큼 다가간 지호는 그녀의 입술을 훔쳤다. 부드럽게 예린의 입술을 삼키자 심장이 터질 것 같았다. 예린의 하얀 목덜미를 어루만지는 손이 부드러운 살결에 정신을 못 차렸다. 지호의 숨소리가 점점 더 거칠어졌다.

"읍! 으……음."

갑자기 일어난 일에 얼음처럼 얼어 버린 예린은 숨을 쉴 수가 없었다. 머릿속이 백지가 되어 어떤 느낌인지, 어떻게 해야 하는지조차 생각할 여유가 없었다. 그냥 온몸이 점점 뜨거워지는 기분이었다.

"하아."

입술을 놓아준 지호의 숨소리가 귓가에 울렸다. 지호의 눈빛을 피하며 바닥만 바라보는 예린은 어떤 말도 꺼낼 수 없었다. 지호도 마찬가지였다.

"갈게. 아무 생각도 하지 마."

지호는 예린의 이마에 짧은 입맞춤을 하고 현관을 나갔

다. 현관문이 닫히는 소리에 그제야 정신을 차린 예린은 크게 숨을 내쉬었다.

아마 비가 와서 그랬을 것이다. 예린은 그렇게 결론지었다. 비가 와서 저도 모르게 마음이 잠깐 실수를 했다고.

남편과 일본에서 돌아온 자영은 그날 저녁 대학 동창 모임에 참석했다. 피곤한 표정으로 앉아 있던 자영의 시선이 문을 열고 들어오는 한 사람에게 고정되었다.

화려한 옷차림으로 모든 이들의 시선을 사로잡은 혜선의 등장은 자영의 피곤함을 더욱 가중시켰다. 그때, 친구들과 반갑게 인사를 나누던 혜선과 눈이 마주쳤다.

"어머! 난 네가 피곤해서 안 올 줄 알았는데. 나온다고 귀띔이라도 해 주지 그랬어. 그럼 내가 안 나왔을 텐데."

혜선이 자영에게 다가와 마주 앉으며 말했다. 주위의 시선이 두 사람에게 쏠렸다.

"뭐하러 그렇게까지 해."

"나보다 네가 불편할까 봐. 친구이기는 하지만 동서 지간이잖아. 서로 불편한 건 있지."

동기 중 두 사람이 동서 지간임을 모르는 이는 없었다. 혜선이 어느 날 갑자기 신화그룹 안주인 자리를 꿰어 찼을 때 동기들은 자영의 반응을 살폈다.

이미 혜선보다 1년 일찍 신화그룹 며느리가 되었지만 아이 소식이 없어 힘들어하고 있을 때였다. 더구나 자영은 집안끼리 정해진 혼인을 했기에 지금의 남편과 살가운 사이가 아니었다.

쌍둥이 형에게 시집을 온 혜선은 6개월 만에 아이를 가졌고 그 비슷한 시기에 다행히 자영도 임신을 하게 되었다. 두 달 차이로 건강한 남자아이를 낳은 뒤, 약속이라도 한 듯 두 사람에게 아이는 생기지 않았다.

이상하리만큼 비등한 삶을 살던 두 사람은 시아버지께서 돌아가신 뒤 큰 변화가 생겼다. 시아버지의 뒤를 이어 쌍둥이 형인 권 사장이 신화그룹을 물려받자 혜선의 입지는 자영보다 높아졌다.

그러니 이런 모임이 있을 때면 자연적으로 두 사람에게 관심이 쏠리는 것은 어쩔 수 없었다.

"시호는 수업 잘 받고 있니?"

"네가 신경 쓸 일 아니야."

"걱정되니까. 시호가 워낙 자유분방한 아이라서."

"지호나 잘 챙기지 그래."

"지호가 아빠 닮아서 내 말이라면 끔뻑하잖아. 요즘 열심히 하고 있어. 지호 아빠도 흡족해하더라고."

혜선의 말에 자영은 어떤 대꾸도 하지 않았다. 착한 아들과 금실 좋은 남편을 자랑하고 싶어 하는 혜선의 말을 더는 듣고 싶지 않았다. 그와 반대되는 삶을 사는 자신이 초라해질까 봐 혜선의 행복한 삶을 애써 부인했다. 하지만 혜선의 관심은 여기서 끝나지 않았다.

"예린이는 언제까지 데리고 있을 참이야?"

혜선의 물음에 자영의 미간이 구겨졌다.

"아니, 그렇잖아. 이제 대학 생활도 적응했겠다, 작은 아파트 사 줘서 내보내도 되지 않을까 해서. 등록금하고 생활비야 계속 대 주면 되고."

"어머님 생각이니?"

"예린이가 우리 집안에 뭐라고 어머님이 관심이나 두시겠어. 어디까지나 내 생각이야. 오해 마."

"예린이 일은 내가 알아서 해. 너까지 나설 필요 없어."

"널 참 이해할 수가 없다. 예린이를 친자식처럼 생각하지도 않으면서 여태 데리고 있는 이유를 모르겠어. 아직도 마음의 빚이 다 정리가 안 된 건가?"

"무슨 말이 하고 싶은 거야?"

와인 잔을 들고 있는 자영의 손이 미세하게 떨렸다. 혜선은 그런 자영의 모습을 놓치지 않았다.

"과연 예린이가 자신을 받아 줄 수밖에 없었던 이유를 알아도 네 곁에 있을까? 서로 마음 다치기 전에 조용히 끝내는 편이 나을 것 같은데."

"너!"

"사실 호적에 올라오지도 않은 여자아이가 집 안에서 크고 있는데 아들 가진 입장으로 불안하잖아. 예린이가 순진하고 착하다고는 하지만 또 모르지, 어떤 식으로 변할지. 그러고 보면 나보다 네가 더 불안해해야 하는 거 아니니? 같은 집에서 지내고 있는데 아들 가진 엄마가 어쩜 그렇게 태평해?"

유독 지호와 예린의 사이가 두텁다는 것은 혜선도 짐작하고 있었다. 아직 지호가 어떤 식으로도 예린을 거론하지 않았기에 두고 보는 중이었다. 하지만 언젠가 터질지 모르는 시한폭탄을 안고 살 수는 없었다.

"물론 그런 일은 없어야겠지만 만약 시호와 지호 중 예린이를 동생 이상으로 생각하는 아이가 있다면 남들이 뭐라고 하겠니. 우리 집안이 웃음거리밖에 더 되겠어? 그러니까 애초부터 싹을 잘라야지. 뭐, 예린이가 원한다면 유학을 보내 줘도 좋고."

"이런 식으로 말을 꺼내는 거 보니까 두려운 모양이구나? 지호가 예린이를 사랑하게 될까 봐."

혜선은 자영의 직설적인 말에 순간 당황했다. 표정 관리를 해야 했지만 마음처럼 쉽게 되질 않았다.

"하! 지호가? 지호는 내 아들이야. 동정 따위를 사랑으로 오해할 만큼 바보 같은 아이가 아니라고."

"물론 널 닮았다면 그렇겠지. 하지만 내가 봤을 때 지호는 아주버니를 더 닮았어. 널 선택하신 아주버니를 보면 지호도 그러지 않을까? 사랑이 우선일 텐데."

두 사람 사이에 팽팽한 긴장감이 맴돌았다. 한마디도 지지 않는 두 사람의 신경전은 주위 사람들로 하여금 궁금증을 가중시켰다.

"넌 가식이 너무 많아. 그 가식을 만인 앞에서 깨 주고 싶어."

혜선의 독설이 도를 넘었다. 그러나 자영은 의연하게 대처했다.

"그러는 넌 항상 진실하니? 가식은 너도 만만치 않을 텐데. 아주버니한테 의도적으로 접근해 놓고 내 앞에서 참 뻔뻔한 소리를 하는구나."

"시작은 어떨지 몰라도 지금 우리는 사랑하잖아. 처음부터 지금까지 사랑하는 마음조차 없는 너희 부부보다야 훨씬 진실하지. 재미없다. 집안 얘기 그만하자."

웨이터가 건네준 와인 잔을 받아 들고 자리에서 일어난 혜선은 표독스러운 표정을 감췄다. 언제나 그렇듯 신화그룹 안주인다운 면모를 다른 이들에게 보여 줘야 했으니까.

혜선은 오늘도 자신의 자리를 지키기 위해 최선을 다했다.

　예린은 생각보다 일찍 귀가한 자영을 현관 앞에서 맞았다. 밖에서 무슨 일이 있었는지 잔뜩 일그러진 표정으로 들어오는 자영을 바라보며 예린은 여독이 풀리지 않아 피곤하신가 했다. 공항에서 바로 모임 장소로 가신다고 해서 살짝 걱정했는데 아니나 다를까 표정을 보아하니 좀 쉬셔야 할 것 같았다.

　"다녀오셨어요."

　"그래."

　낮은 목소리로 답하는 자영의 모습은 예린을 긴장하게 만들었다. 자영은 안방으로 들어가다 말고 돌아섰다.

　"무슨 하실 말씀이라도……."

　자영의 눈빛에 예린의 목소리가 절로 기어들어 갔다.

　"아니야. 혼자 있기 무섭지 않았어?"

　"네. 괜찮았어요."

　"어려서는 그렇게 빗소리를 싫어하더니 다 컸나 보구나."

　"그러게요. 그때는 왜 그랬는지 모르겠어요."

　"비가 많이 오는 밤이면 무서워하는 널 안고 잤는데 이제 무섭지 않다니 내가 해 줄 일도 없겠네. 가끔 네가 컸다는 걸 자꾸 잊어버려."

혼자 읊조리듯 말하는 자영의 목소리는 중간중간 잠기기까지 했다.

"예린아."

"네."

"다른 사람이 뭐라 하든 상관없어. 너만 날 이해하면 그뿐이야."

"제가 뭘 이해해야 하는 건지……."

"더 크면 말해 줄게. 지금보다 조금 더 성숙해지면 그때…… 다 얘기해 줄게. 그때까지 기다릴 수 있지?"

"네."

대답은 했지만 예린은 도무지 자영의 말을 이해할 수 없었다. 무슨 말을 하고 싶은 건지, 왜 지금은 말할 수 없는 건지 궁금했다. 그러나 기다려 달라는 자영의 말을 무시할 수 없었다. 자신도 지호에게 던진 말이었으니까.

어떤 마음으로 상대에게 기다려 달라고 했는지 알고 있었다. 아직 때가 아니라고, 아직은 말할 준비가 되지 않았다고 자영의 눈빛이 일러 주었다. 예린은 조용히 그때를 기다리겠노라 다짐했다.

다음 날, 모처럼 활짝 갠 하늘을 본 예린은 서둘러 외출 준비를 했다. 며칠 동안 집 안에 틀어박혀 있었더니 답답하기도 하고 잡생각에 머릿속이 복잡했다.

사실 지호와 키스를 한 그날 이후 이상한 감정이 마음을 괴롭혔다. 좀처럼 답을 내리지 못했던 예린은 기분 전환을 위해 외출을 선택했다. 그렇게 방을 나서다 맞은편 시호의 방문이 열리자 예린은 계단 앞에 잠시 멈춰 섰다.

"하함. 죽겠다."

이제 막 잠에서 깨어났는지 새집 머리를 하고 시호가 걸어 나왔다. 한 손으로 머리를 긁적이며 예린을 바라보던 시호는 소파에 털썩 주저앉았다. 아직 잠이 덜 깬 표정이었다.

"술 좀 그만 드시지?"

"그건 내가 알아서 하지?"

"치! 나, 나가. 집에 아무도 없으니까 알아서 점심 챙겨 먹어."

"어디 가."

"나가 봐서. 약속이 있는 건 아니고. 뭐 필요한 거 있어? 사다 줄까?"

"아니, 됐어. 일찍 들어와."

"어흐. 매일 똑같은 말만 해. 오빠나 일찍 들어오세요. 어제도 오빠 기다리다가 눈 빠지는 줄 알았으니까."

"남자가 사회생활을 하다 보면 그럴 수도 있는 거지. 잔소리는."

예린의 입에서 더한 말이 나올까 싶었는지 시호는 방으로 쏙 들어갔다. 시호의 방문이 닫히자 예린은 사뿐사뿐 계단을 내려갔다. 잔뜩 빗물을 머금고 있는 정원을 지나 대문을 나선 예린은 버스 정류장으로 향했다.

약속도 없이 무작정 나선 예린의 종착지는 겨우 화방이었다. 어제저녁, 자영이 귀가하기 전 예린은 작업실을 정리하고 있었다. 예린도 자영을 따라 틈틈이 그림을 그리는 탓에 자연 작업실 정리를 하게 되었다.

부족한 물감을 확인하고 사러 나온 예린은 화방에 들어서 밝게 인사를 건넸다. 하지만 늘 계셨던 사장님 대신 아르바이트생이 인사를 받았다. 낯이 익은 얼굴이었다.

"너…… 수연이 맞지?"

예린은 수연을 말이 없는 친구로 기억하고 있었다. 학교에서는 늘 공부만 하고 수업이 끝나면 바람처럼 어디론가 사라지는 친구였다. 동아리 활동도 하지 않고 MT도 오지 않았던 수연을 이런 곳에서 마주하자 예린은 당황스러웠다. 얼굴과 이름밖에 아는 것이 없었다.

"아, 너구나. 이름이 예린이던가?"

"어. 맞아. 송예린. 여기서 아르바이트하는 거야? 몰랐네."

"일한 지 한 달 됐어."

"한 달이나? 그랬구나."

"필요한 거 있어? 찾아 줄까?"

"아니야. 나 여기 단골이라 어디에 뭐가 있는지 다 알아. 신경 쓰지 말고 일해."

"그래, 그럼."

더 이상 나눌 말은 없었다. 멋쩍은 표정으로 카운터 앞에서 돌아선 예린은 진열대 사이로 걸어갔다. 필요한 물감을 골라 담고 새로운 물건들을 구경하면서도 시선이 자꾸 수연에게 향했다.

학교에서도 무표정으로 묻는 말에 대답만 하던 수연이 떠오르자 이 기회에 친해지고 싶다는 생각이 들었다. 잔정은 없어도 입이 무거운 그런 친구가 되어 줄 것 같았다. 예린은 처음으로 용기를 내어 수연에게 다가갔다.

"계산해 줄까?"

수연이 먼저 물었다.

"어. 그래. 계산해 줘."

바구니에 담은 물건을 카운터에 올려놓은 예린은 계산이 끝나도 그 자리를 떠나지 않았다. 낯가림하는 예린에게는 먼저 말을 거는 일이 쉽지 않았다.

"지금 좀 한가한데. 시간 되면 커피 마시고 갈래?"

"뭐? 조, 좋……아."

의외였다. 먼저 말을 걸어 준 수연 때문에 조금 놀라기는 했지만 마다할 생각은 없었다. 수연이 타 준 커피를 들고 카운터 옆에 나란히 앉은 예린은 무슨 말을 꺼내야 할지 고민 중이었다. 하지만 이번에도 수연이 먼저였다.

"집이 이 근처야?"

"응. 그래서 자주 오는 편이야."

"그럼 너희 집도 부자구나."

"어?"

뜻밖의 말에 예린은 화들짝 놀란 표정으로 수연을 바라보았다. 하지만 수연은 여전히 무표정으로 커피를 마셨다.

"뭘 그렇게 놀란 표정으로 봐? 이 동네, 부자들이 모여 사는 곳이잖아. 그거 모르는 사람도 있어?"

"그렇지. 맞아."

이곳에 살고는 있지만 결코 이 사람들 속에 속할 수 없는 자신을 어떻게 설명해 줘야 할지 예린은 암담했다. 이제 겨우 말을 트기 시작한 친구에게 자신의 집안 사정을 하나하나 말하는 것도 어쩐지 웃긴 일 같았다. 그래서 그냥 넘어가기로 했다.

"그림도 그리나 봐?"

"그냥 취미로. 어머니가 그림을 전공하셨거든."

"취미로 그림 그릴 시간도 있고 좋겠다."

뭔가 자꾸 삐딱해지는 수연의 말투에 예린은 감정이 좋지 않았다. 말을 이어 갈수록 수연에 대한 호기심이 반감되는 느낌이었다.

"넌 집이 어디야? 여기 근처면 자주 볼 수 있겠다."

"여기 살 만한 형편은 안 돼. 작년까지는 보육원에서 살았고 지금은 작은 월세방 구했어. 그래도 반지하는 아니야."

예린은 괜히 물어봤다는 생각이 들었다. 사람을 만나 대화하는 것이 이토록 힘든 일인 줄 미처 몰랐다.

"그래서 친구 사귈 시간이 없어. 월세도 내야 하고 학비도 벌어야 하니까. 눈뜨면 학교 가고 밤에는 일하고. 바쁘게 살아."

"그래도 대단하다. 혼자 힘으로 다하잖아."

"고아로 살다 보면 누구나 나처럼 돼. 그렇게 감탄할 일 아니야. 풍족하게 사는 너는 모르겠지만."

딱히 부인할 수 없었다. 자신은 적어도 부족한 삶을 살고 있지는 않았으니까. 똑같이 고아인데도 너무나 다른 삶을 사는 수연을 보며 예린은 자영에게 감사함을 느꼈다.

자영이 아니었다면 자신의 삶도 수연과 다를 것이 없었을 테니 말이다.

"송예린, 찾았다!"

풍경 소리가 울리더니 화방 문이 열리며 지호가 나타났다. 커피를 마시다 말고 놀란 예린은 자리에서 벌떡 일어났다. 지호와 눈이 마주치자마자 잠잠했던 심장이 벌렁거리면서 두 볼이 빨갛게 달아올랐다. 3일 전 지호와 키스를 하고 처음 마주하는 자리였다.

"오빠! 나 여기 있는 거 어떻게 알았어?"

"시호한테 전화하니까 약속도 없이 나갔다고 해서. 송예린이 갈 곳은 딱 두 곳이잖아. 서점 아니면 화방. 이미 이 근처 서점 두 곳은 갔다 왔고, 여기가 마지막 코스였어. 없으면 그냥 가려고 했지."

"전화하지 그랬어. 그럼 고생 안 하잖아."

지호의 시선을 피하며 딴 곳을 바라보는 예린의 목소리가 기어들어 갔다.

"이렇게 우연을 가장해서 보니까 더 반갑지?"

멀뚱히 두 사람을 지켜보던 수연의 입가가 한쪽으로 올라갔다. 숨바꼭질하는 아이들처럼 마냥 즐거워하는 두 사람의 표정이 낯설게 다가왔다. 수연은 자리에서 천천히 일어났다. 그제야 예린은 수연에게 관심을 돌렸다.

"여기, 커피 잘 마셨어. 다음에 또 보자."

"그래. 잘 가."

예린에게 커피 잔을 받은 수연은 짤막하게 인사를 했다.

"언제 끝나? 다음에 밥이라도 같이 먹을까?"

"여기 끝나면 다른 아르바이트하러 가야 해. 새벽 1시는 되어야 끝나."

"그렇구나. 힘들겠다."

"심심하면 오다가다 들러. 말주변은 없지만 들어 줄 귀는 있어."

부드러운 말투는 아니었지만 그 속에 담긴 의미가 자신을 신경 써 주고 있음을 느낄 수 있었다. 쉽게 다가갈 친구는 아니지만 마음이 쓰이는 친구는 확실했다. 예린은 그러겠다 답하고 지호와 화방을 나왔다. 여전히 하늘은 맑았다.

"누구야?"

화방을 나오자 지호가 궁금증이 가득한 눈초리로 예린에게 물었다.

"같은 과 친구."

"친구치고는 표정이나 말투가 좀 그런데?"

"앞으로 친해지려고."

예린은 화방을 나와서도 줄곧 땅만 바라보며 걸었다. 도무지 지호의 얼굴을 똑바로 볼 엄두가 나질 않았다. 머릿속이 온통 지호와 나눈 키스로 가득했다.

"송예린, 너 왜 오빠 얼굴 안 봐? 보기 싫어?"

"아니……."

"그럼 뭐야?"

"오빠 얼굴 못 보겠어. 부끄러워서……."

그 한마디에 걸음을 멈춘 지호는 예린의 손목을 잡고 마주 보았다. 여전히 고개를 한쪽으로 돌린 예린을 바라보며 이런 생각이 들었다. 내가 또 부정 출발을 했구나.

"고개 돌려. 그리고 날 봐."

"못 하겠어."

"그래도 봐. 내가 보고 싶으니까."

예린이 용기 내어 고개를 돌렸지만 지호의 눈을 똑바로 바라볼 수 없었다.

"욕해도 좋으니까. 하고 싶은 말 있으면 해. 다 들어 줄게."

예린은 어떻게 말을 꺼내야 할지 망설여졌다. 도무지 설명할 수 없는 그때의 상황과 지금 감정으로 머릿속이 복잡했다. 하지만 이대로 서먹한 관계를 계속 이어 갈 수는 없었다. 그래서 어렵게 용기를 냈다.

"원래 남자들은 다 그래? 어쩜 아무 일도 없었다는 듯 이렇게 불쑥 나타나서 말을 던져? 난 얼굴이 다 화끈거리는데. 키스쯤은 남자에게 아무것도 아닌 건가? 그 흔한 키스에 엄청난 의미를 두고 있는 내가 바보 같은 거지?"

예린은 아랫입술을 깨물며 감정을 참고 있었다. 이 감정이 부끄러워서인지, 아니면 화가 나서인지, 그도 아니면 정말 사랑인지 단정 지을 수 없을 만큼 혼란스러웠다.

그날 이후 계속 지호를 떠올린 것은 사실이었다. 그래서 지금 자신 앞에 나타난 지호에게 어떤 식으로든 표현하고 싶었다. 아무 감정이 없었던 것은 아니었다고. 그러나 말을 하고 나니 더 답답했다. 자신의 감정을 제대로 전달하지 못한 것 같아 화가 났다.

"예린아. 아니야, 그런 거…… 정말 아니야. 네 전화 기다렸어. 난 네가 무슨 말이라도 할 줄 알았는데 아무 반응이 없으니까 불안해서 가만히 있을 수가 없었어. 그래서 미친 듯이 널 찾아다닌 거야. 내 섣부른 행동에 네가 한발 물러날까 봐 무서워서. 오빠 또 반칙한 거지? 알았어. 벌받을게. 받을 테니까 안 보겠다는 말은 하지 마."

"모르겠어. 오빠한테 벌을 줘야 할지 그런 건 잘 모르겠는데…… 그때 정말 떨렸어. 그리고…… 지금도 떨려. 나 심장이 이상해."

그제야 지호의 얼굴을 똑바로 바라보는 예린의 눈동자가 흔들렸다. 그때처럼 몸에 열이 나고 머릿속이 하얗게 변해 갔다. 지호는 아무것도 하지 않았는데, 그저 서로 바라보고 있을 뿐인데 심장이 미친 듯이 뛰었다.

"예린아, 네 심장도 나처럼 고장 났나 봐. 축하해."

지호는 조심스레 예린의 마음을 짐작했다. 이제 자신이 손을 내밀면 잡을 준비가 되었다고. 그래서 행복했다. 그리고 다짐했다. 뛰어가기보다 천천히 걸어가겠노라고 말이다. 높은 벽이 깨지면서 환한 빛이 가득 퍼지는 기분이었다.

한 손으로 예린의 볼을 쓰다듬던 지호는 휴대폰 벨 소리에 눈살을 찌푸렸다. 마음 같아서는 받고 싶지 않았지만 유독 벨 소리가 길게 울렸다. 지호는 바지 주머니에서 휴대폰을 꺼내 받았다.

―이 실장입니다.

"네. 이 시간에 무슨 일이세요?"

―사장님께서 쓰러지셨습니다.

"아버지께서요? 두 시간 전에 회사에서 뵙고 나올 때만 하더라도 멀쩡하셨어요. 그런데 갑자기 쓰러지셨다고요?"

"왜 그래? 무슨 일인데?"

사색이 된 지호의 표정을 보며 예린은 불안에 떨었다. 무엇인가 큰일이 터진 것 같았다.

"아버지가……."

"사장님이 왜?"

"쓰러지셨대."

믿지 못하겠다는 표정으로 답한 지호는 길 한복판에 예린을 남겨 두고 급히 뛰어갔다. 차마 붙잡을 새도 없이 달려가는 지호의 뒷모습을 보며 예린은 마른침을 삼켰다. 그저 별일이 아니기를 간절히 바랄 뿐이었다.

무슨 정신으로 병원까지 운전을 했는지 기억나질 않았다. 이곳으로 오는 도중 지호는 비서인 이 실장에게 한 통의 전화를 더 받았다. 뇌출혈이 와 10분 전 수술실로 들어가셨다는 말에 지호는 순간 운전대를 놓을 뻔하였다.

근래 들어 아버지께서 자주 두통과 어지러움을 호소하셨지만 일이 많은 데서 오는 스트레스이겠거니 했다. 가볍게 넘긴 자신의 탓 같아 마음이 무거워졌다.

병원 로비에 도착한 지호는 내려오는 엘리베이터를 기다릴 수 없어 계단을 뛰어올라 수술실 앞에 도착했다. 굳게 닫힌 수술실 문을 바라보다 다리에 힘이 풀려 털썩 주저앉았다. '수술 중'이라는 글자가 숨통을 조여 오는 것 같았다.

"지호야! 이제 오면 어째!"

할머니의 호통이 병원 복도를 울렸다. 그러나 지호의 귀에는 하나도 들리지 않았다. 불이 켜진 수술실 문이 잠시 딴 세상처럼 보였다. 마치 지옥 같은 곳. 너무 무섭고 두려 워서 벗어날 생각조차 들지 않았다.

"일어나."

낮지만 또렷한 목소리에 지호는 천천히 고개를 돌렸다.

"어머니……."

"일어나라고. 세상 다 끝난 놈처럼 그러고 있지 마. 정신 차려. 아버지 어떻게 안 돼. 네 아버지는…… 날 두고 먼저 가실 분이 아니야."

어금니를 꽉 문 어머니의 모습은 비장해 보였다. 절대 나쁜 일은 일어나지 않을 거라고 굳게 믿고 계신 어머니를 올려다보며 마음을 다잡았다. 지호는 천천히 일어나 서서 어머니의 오른손을 꼭 잡았다. 최악의 상황은 생각하지 않 기로 했다.

"아버지는 강한 분이시니까요."

"그럼. 강하고말고."

답하는 혜선의 목소리가 미세하게 떨렸다.

다섯 시간에 걸친 수술이 끝났지만 권 사장은 병실로 올 라오지 못하고 중환자실로 옮겨졌다. 급한 고비를 넘겼지 만 추후 상태를 확인하고 재수술을 받아야 한다는 담당 의 사의 말에 결국 할머니는 쓰러지셨다.

혜선과 지호에게도 충격이 아닐 수 없었다. 하루 두 번 정해진 시간 외에 면회조차 되지 않는 중환자실 앞에서 지호는 한없이 무너지는 기분이었다.

권 사장이 쓰러진 지 일주일이 지났다. TV나 신문에서는 연신 신화그룹 사장의 건강 상태에 대해 떠들고 있었다. 심지어 한 매체에서는 신화그룹 후계 구도가 뒤바뀔지도 모른다는 말을 꺼내 사회적 물의를 일으키기도 했다.

하지만 전혀 근거 없는 뜬소문은 아니었다. 어제저녁 중환자실에서 특실로 병실을 옮긴 권 사장의 의식은 여전히 돌아오지 않은 상태였다. 째깍째깍 흘러가는 시간에 지호는 피가 마르는 느낌이었다.

"괜찮아?"

예린은 지호의 모습을 안쓰러운 듯 바라보았다. 병원 앞에서 만난 지호는 많이 핼쑥해 있었다. 까칠해진 피부와 충혈된 눈이 그동안 어떻게 지냈는지를 말해 주었다.

"어. 괜찮아."

쥐어짜듯 나온 목소리는 이내 잠겨 버렸다. 아직 잠이 덜 깬 모습으로 예린이 건네준 커피를 들이켠 지호는 시선을 멀리 두었다. 힘들고 지친 모습을 예린의 앞에서 보이고 싶지 않은 남자의 자존심 때문이었다.

그러나 시선은 자석처럼 예린의 쪽으로 향했다. 오랜만에 마주하는 모습이었다. 아버지가 입원하신 뒤 경황이 없어 전화조차 하지 못했다.

"뭐야. 못 믿겠다는 표정이다."

"어떻게 믿어. 죽을 만큼 힘든 표정으로 앉아 있는데."

"그래, 우리 예린이가 바보는 아니지. 오빠가 그걸 몰랐네."

"안 그런 척하지 마. 더 안쓰러워 보여."

"너도 그런 말 하지 마. 여자 친구의 위로라면 모를까, 여동생의 위로는 오빠로서 자존심 상하니까. 어린 동생 앞에서 오빠가 나약해질 수는 없잖아."

지호의 말에 예린은 가슴이 아려 오는 기분이었다. 여자 친구와 여동생의 차이가 이토록 클 줄 전에는 미처 몰랐다. 가족이니까. 가족처럼 지냈으니까 다른 사람보다 더 가까워 편할 줄 알았는데 가족이라서 더 숨기고 싶은 모습이 있다는 것을 이제야 알았다.

"사장님 상태는 좀 어떠셔?"

예린은 시호처럼 지호의 가족을 큰아버지와 큰어머니라 부를 수 없었다. 피가 섞인 진짜 가족도 아니었고 그들의 사회적 지위도 무시할 수 없었다.

어려서부터 사장님, 사모님으로 호칭을 쓰다 보니 이제

입에 붙어 바꾸기도 쉽지 않았다. 더구나 그들의 신분이 자신과 다르다는 것을 인지한 순간 이 호칭이 옳다는 것을 느꼈다.

"다행히 중환자실은 나오셨는데…… 의식은 여전히 없으셔."

"고비는 넘겼다며. 분명 깨어나실 거야."

"그래야지."

"시호 오빠하고는 만나 봤어?"

시호와 지호의 사이는 그저 흔한 사촌이 아니었다. 학창 시절을 같이 보내며 서로 의지하고 친형제처럼 지내 왔다. 일이 생기면 밤낮 가리지 않고 서로에게 달려갔다. 집안에 반항하는 시호를 감싸 주고, 착하기만 한 지호에게 충고를 아끼지 않았던 사이였다.

누구보다 두 사람의 마음을 잘 알고 있는 예린은 불안했다. 서로에게 멀어진다는 것은 형제를 잃어버리는 것과 같았으니까.

"어."

기운 없는 지호의 목소리에 예린은 모든 것을 짐작할 수 있었다. 어른들의 싸움으로 두 사람 사이에 문제가 생겼음을 말이다. 예린의 표정도 점점 어두워져 갔다.

"시호 오빠가 뭐래?"

"본인은 죽어도 회사 일에 관심 없다며 넋 놓고 있지 말고 자리 지키라고. 충고를 빙자한 협박을 해 놓고 사라지더라고. 화를 내서 미안한 건지 그 뒤로 연락도 없어. 나도 굳이 하지 않았고. 그놈이나 나나 생각할 시간이 좀 필요하니까."

　"시호 오빠 탓은 아니야."

　"알아. 아니까 더 가슴이 아파. 다만…… 나보다 그놈이 덜 아팠으면 하는 마음이지."

　왜 서로 원치 않은 일로 사이가 멀어져야 하는지 모를 일이었다. 가족인데, 누가 그 자리에 오르든 축하해 줘야 할 일인데, 마치 규칙을 깨면 안 되는 것처럼 상황이 긴박하게 흘러가고 있었다.

　누군가는 지키려 하고 누군가는 빼앗으려 하는 싸움. 그 싸움을 시호와 지호가 하고 싶어 하지 않는다는 것은 예린도 알고 있었다.

　원치 않는 싸움으로 두 사람이 큰 상처를 받을 것은 불 보듯 빤한 일이었다. 또한, 누구의 편도 들어 줄 수 없는 지금 예린의 마음도 아프기는 마찬가지였다.

　"이런 얘기 그만하자. 내가 괜한 말을 했어. 나도 많이 속상했나 봐. 지금 한 말 잊어버려."

　"내가 여자 친구가 아니라 동생이라서 그런 거지?"

"갑자기 무슨 말이야?"

"오빠 옆에 동생으로 있는 한 위로조차 할 수 없는 그런 사람이잖아. 내가……."

"동생 앞에서 나약한 모습을 보이는 오빠가 되고 싶지 않아. 걱정 마. 아버지가 지금 힘든 싸움을 하고 계신 것처럼 오빠도 이겨 낼 거야. 꼭 그래야 하고."

오히려 자신을 위로해 주는 지호의 말에 예린은 가슴이 뭉클했다. 이번 일로 지호에게 한 발 더 다가간 느낌이었다.

지호가 예린을 보내고 병실에 들어선 시각은 오후 2시가 넘어서였다. 아버지에게 다가가는 발걸음이 조심스러웠다. 지호는 이불 밖으로 나와 있는 아버지 손을 잡았다.

아버지의 주름진 손에서 세월의 흔적을 엿볼 수 있었다. 초등학교를 졸업한 뒤로 아버지 손을 잡아 본 기억이 없었다. 어릴 적 아버지의 손은 크고 단단한 느낌이었다. 하지만 지금은 작고 야윈 손등에 가슴이 뭉클했다.

지금까지 무슨 생각으로 아버지를 바라봤을까, 왜 아버지가 언제까지 곁에 있을 거라고 장담했을까 자책하며 반성했다. 가슴 깊은 곳에서부터 올라오는 뜨거운 반성의 눈물이 볼을 타고 흘러내렸다.

그때 드르륵 병실 문이 열리자 지호는 서둘러 손등으로 눈물을 훔쳤다.

"이제 왔니?"

아들인 지호에게 시선조차 주지 않고 소파에 앉은 혜선은 들고 들어온 서류 봉투를 꺼냈다. 서류를 한 장 한 장 넘길 때마다 혜선의 눈빛이 날카롭게 빛났다.

"뭘 보시는 거예요?"

"주주 명부. 너도 거기 앉아서 좀 보렴. 대비는 해 두어야지."

"대비라니요?"

소파에 마주 앉아 혜선을 바라보는 지호의 눈동자가 흔들렸다.

"그럼 가만히 앉아서 아버지 자리가 작은아버지에게 넘어가는 걸 지켜보기만 하라고? 허! 어림없는 소리. 절대 그렇게 두지 않아."

빨간 펜으로 체크를 하며 서류를 넘기는 혜선의 손이 분주했다. 그런 어머니의 모습이 지호에게는 한심하게 다가왔다.

"어머니. 매체에서만 떠들고 있지, 아직 아무런 움직임도 없어요. 괜히 작은아버지 잡지 마세요."

"넌 이래서 안 돼! 아직도 모르겠니? 문제는 작은아버지가 아니야! 작은어머니지! 이런 기회를 그냥 넘길 사람이 아니라고."

"작은어머니와 친구시면서 어떻게 그런 말을 하세요."

"친구니까! 가까운 친구 사이였으니까 아는 거야! 겉으로 고상한 척 다 하면서 그 속에 도사리고 있는 욕심이 얼마나 큰 줄 아니까. 가만히 앉아서 당하지 않아."

"아버지 아직 살아 계세요. 어떻게 된 사람처럼 이러지 마시라고요!"

지호는 자리를 박차고 일어나 병실을 나왔다. 탈출구를 찾는 사람처럼 주위를 두리번거리던 지호는 중앙 통로 끝에 있는 외부 정원으로 나갔다. 후덥지근한 열기가 숨통을 더욱 막히게 하였다.

집에서도 학교에서도 사람들이 수군거리는 소리를 다 무시할 수는 없었다. 어머니가 불안해하시는 이유도 조금은 이해한다. 자신보다 더 많은 소문을 듣고 계실 테니 온전한 정신으로 버티기가 힘드실 것이다.

지호 역시 현실을 똑바로 해석할 이성이 존재하지 않았다. 단지 아버지를 걱정하는 아들의 마음 하나뿐이었다.

그러나 이런 모두의 마음도 모르고 이틀 뒤 권 사장은 추가 출혈이 있어 재수술을 받았다.

결과는 최악이었다. 마지막 한마디도 나누지 못하고 그

렇게 지호는 아버지를 보내야만 했다. 차가운 수술방 안에서.

장례식장 안으로 각계각층 인사들이 줄을 섰다. 갑작스런 권 사장의 죽음에 다들 놀란 표정이었지만 장례식장 안에서만큼은 엄숙함을 잃지 않았다. 곡소리도 없었고 큰 소리도 나지 않았다. 아직 염을 하지 않았으니 당연한 절차겠지만 너무 비통해서 흐느낌조차 없었다.

가족들도 조문객도 그저 이 죽음이 믿기지 않는다는 듯 마지막 고인의 영정 사진을 바라볼 뿐이었다.

죄인처럼 검은 상복을 입고 종일 조문을 받는 지호의 얼굴은 넋이 나간 표정이었다. 기계처럼 조문을 받고 화장실을 가는 것 외에 지호가 하는 일은 아무것도 없었다. 먹지도 않았고 앉아 있지도 않았다. 심지어 조문객과 나누는 인사 외에 가족들과 말도 섞지 않았다.

툭 건들면 쓰러질 것 같은 모습으로 간신히 서 있는 지호를 바라보며 예린은 눈물을 훔쳐야 했다. 어떤 위로의 말도 꺼낼 수 없던 예린은 먼발치에서 지호를 안쓰럽게 바라만 보았다.

어느새 밤 10시가 넘어서자 조문객의 발걸음이 뜸해졌다. 그 틈을 타 시호가 지호에게 다가갔다.

"잠깐 나 좀 봐."

나지막하게 들리는 목소리에 지호가 멍한 정신으로 고개를 돌렸다. 이미 자신의 몸은 시호에게 질질 끌려가고 있었다.

"어디 가는 거야."

묻는 지호의 목소리에는 힘이 하나도 없었다.

"몰라도 돼."

시호는 엘리베이터 앞에 서 있던 예린에게 고개를 끄덕였다.

특실에 들어서니 의사 한 분이 소파에 앉아 세 사람을 기다리고 있었다. 시호의 손에 끌려 지호가 들어오자 의사가 자리에서 천천히 일어났다. 침상에 지호를 앉힌 시호는 의사와 짧은 악수를 했다. 그사이 예린은 특실 복도를 살피다 조용히 문을 닫았다.

"누워."

"뭐라고?"

"누우라고."

시호는 억지로 지호를 침상에 눕혔다. 얼떨결에 침상에 누운 지호는 시호와 의사를 번갈아 바라보았다. 지금 무슨 일이 벌어지고 있는지 감조차 잡을 수 없었다.

"부탁해요, 선배."

"알았어."

지호의 한쪽 팔을 걷어 올린 의사가 주사 바늘을 꺼내자 지호는 침상에서 벌떡 일어나 앉았다. 이제야 시호가 자신을 왜 이곳까지 데려왔는지 알 수 있었다. 지호는 시호를 똑바로 바라보며 말했다.

"싫어. 안 해."

"애처럼 굴지 마. 누워."

"싫다고!"

지호가 시호를 향해 버럭 소리를 질렀다. 그러자 시호는 지호의 멱살을 덥석 잡았다. 그 모습을 지켜보던 예린은 겁이 났다.

"시호야, 말로 해."

의사가 시호의 손을 잡고 떼어 놓으려 했지만 쉽지 않았다. 시호는 이글이글 타오르는 눈빛으로 지호를 노려보았다. 갑자기 특실 안에 긴장감이 맴돌았다.

"아무것도 안 먹고 쉬지도 않고 잠도 안 자면 어쩌자는 거야! 할머니 따라서 쓰러지기라도 하겠다는 거야! 그런 멍청한 계산을 하고 있냐고, 너!"

"죄인이야. 당연해."

"그래, 죄인이지. 아버지를 차가운 수술방에서 돌아가시게 했으니까 죄인 맞아. 그렇다고 마지막 발인조차 안 보려고 수작 부리냐? 잠은 못 자도 먹어야 큰아버지 가시는 길 같이하지! 그 자리도 내가 할까? 너 대신 아버지하고 내가 해? 정말 그걸 원하는 거냐고, 이 자식아!"

시호의 목소리가 지호의 귓가에 쩌렁쩌렁 울렸다.

누굴 위해 이 같은 일을 벌이는지 잘 알고 있었다. 너무 가여워서, 금방이라도 쓰러질 것 같아서 보고만 있을 수 없었던 시호가 학교 선배에게 부탁한 것이었다. 지호까지 쓰러지게 둘 수는 없었으니까. 이것이 시호가 할 수 있는 최선이었다.

"무서워, 시호야. 나, 너무 무서워."

힘겹게 뱉은 지호의 한마디. '무섭다'라는 그 말에는 모든 것이 내포되어 있었다. 슬픔, 좌절, 두려움, 그리고 그리움.

세상 모든 부모가 자식에게 그러겠지만 특히 지호에게 아버지란 존재는 보호막과 같았다. 늘 곁에 있어 주었으며 자신의 편이 되어 주겠다 약속하셨던 아버지. 그런 아버지를 아무런 마음의 준비도 없이 떠나보낸다는 것은 사막에 혼자 덩그러니 남겨지는 것과 같았다. 지호는 곧 불어올 모래 폭풍을 온몸으로 견딜 자신이 없었다.

지호의 멱살을 잡고 있던 시호의 두 손이 스르륵 풀렸다. 특실에 있는 사람 중 아무도 말을 꺼낼 수 없었다. 그저 예린의 흐느끼는 소리만 간간이 들릴 뿐이었다.

"선배, 빨리 놔 주세요. 자리 오래 못 비워요."

"그래, 그러자."

침상에 누워 수액을 맞는 지호의 눈동자에는 초점이 없었다. 의료 사고가 아니냐는 어머니의 억지에 아직 아버지의 염조차 할 수 없었다. 지호는 오늘 하루가 지옥 같았다.

10분 뒤 시호는 의사를 따라 특실을 나섰고, 예린이 지호 옆에 자리를 잡았다.

"내일 아침 일찍 염한다고 시호 오빠가 나가면서 그랬어."

"어머니는."

"마지못해 받아들이신 모양이야."

"그러시겠지."

"오빠…… 있잖아."

"예린아, 오빠 혼자 있고 싶어."

지호의 말에 예린의 입이 굳게 닫혔다. 힘내라는 말도 꺼내지 못하고 특실을 나오는 발걸음이 무거웠다. 아무것도 해 줄 수 없는 현실이 예린을 더 비참하게 만들었다.

오전 10시. 지호는 가족들과 함께 안치실로 향했다. 염은 아버지를 볼 수 있는 마지막 절차였다. 긴 복도 끝 안치실이라는 푯말이 보이자 지호의 심장이 불안한 듯 요동쳤다.

조심스레 문을 열고 들어가니 반듯하게 누워 계시는 아버지의 모습이 눈에 들어왔다. 핏기 없는 얼굴이었지만 살아 계실 적 잠든 모습과 흡사했다.

가까이 다가가 흔들어 깨우면 당장이라도 눈을 뜨실 것 같은 생각에 지호는 저도 모르게 손을 뻗어 아버지의 팔을 잡았다. 지호의 손이 얼음만큼 차가운 아버지의 팔을 따라 손까지 내려갔다.

그제야 지호는 꿈에서 빠져나왔다. 아…… 이제 마지막이구나. 한없이 눈물을 흘리는 어머니의 곡소리를 들으며 지호는 그렇게 아버지를 보내야 했다.

염을 마치고 안치실을 뛰쳐나온 지호는 어디든 도망갈 곳이 필요했다. 그동안 아버지의 죽음을 부인하며 꾹꾹 눌렀던 감정이 한순간 폭발할 것 같았다. 주위를 두리번거리며 밖으로 나갈 곳을 찾던 지호는 우두커니 서 있던 예린과 눈이 마주쳤다.

"오빠, 왜 그래?"

사색이 된 지호와 마주 선 예린은 놀란 표정이었다.

"예린아, 오빠 좀 도와줘. 숨을 쉴 수가 없어. 숨 쉴 곳이 필요해."

"오빠……."

지호의 눈에 눈물이 차오르는 것을 본 예린은 심장이 쿵하고 내려앉았다. 지호에게 무엇이 필요한지 알 수 있었다. 예린은 아무도 모르게 이 차오르는 눈물을 쏟을 곳을 찾아 주고 싶었다. 그래서 지호의 손을 잡고 엘리베이터를 탔다.

병원 옥상으로 지호를 데려간 예린은 잡고 있던 손을 놓아주었다. 이제 참지 말라고 말이다.

"으윽. 읍…… 흑."

몸을 비틀거리며 흐느끼는 지호의 목소리에 예린은 가슴이 아팠다. 어떻게 우는지 모르는 사람처럼 아직도 슬픔을 참고 있는 지호의 뒷모습을 차마 더는 볼 수가 없었다.

예린은 성큼성큼 걸어가 지호를 뒤에서 안았다. 그때 하늘에서 굵은 빗줄기가 떨어지기 시작했다.

"오빠, 제발…… 참지 말고 울어. 목 놓아 울어야 그 슬픔을 덜어 낼 수 있단 말이야."

"아악!"

예린의 말이 떨어지기가 무섭게 지호는 하늘을 올려다보며 소리쳤다. 그리고 참고 참았던 눈물을 원 없이 쏟아 냈다. 더는 슬픔과 그리움을 감당할 수 없어 털썩 주저앉았다. 예린의 몸도 따라 바닥으로 내려앉았다.

"아아…… 아버지!"

지호는 아버지를 부르며 대성통곡을 했다. 갑자기 곁을 떠난 아버지가 원망스러웠다.

아버지를 보낼 마음의 준비가 전혀 되어 있지 않은 상황이었다. 아직 해야 할 일도, 넘어야 할 산도 너무 많은데 자신의 편이 되어 주겠다던 아버지는 저 멀리 떠나 버렸다. 도저히 잡을 수 없는 곳으로.

"오빠, 내가 여자 친구 할게. 그러니까 더는…… 숨기지도, 힘들어하지도 말고 나한테 다 말해. 그렇게 참다가는 오빠 미쳐. 사람이 견딜 수 없는 슬픔은 토해 내야 하는 거야. 앞으로 내 앞에서 다 털어 버려. 내가 오빠 여자 할게."

사랑은 말로 하는 것이 아니라 가슴으로 나누는 감정이었다. 그래서 눈물이 났다. 아파하는 지호를 보니 자신이 더 아팠고 괴로웠다. 예린은 그동안 지호가 자신을 위해 해 준 것들을 되돌려 줄 시기가 되었다 생각했다. 이제 예린의 울음소리가 지호의 목소리를 삼켰다. 두 사람을 위해 하늘도 같이 울어 주었다.

"예린아……."

"오빠에게 받은 만큼 잘할게. 아니, 받은 것보다 더 잘할게. 오빠만 사랑할게."

"약속해. 나만 두고 떠나지 않겠다고."

이 말은 예린이 처음 지호를 만났을 때 한 말과 크게 다르지 않았다. '오빠는 안 떠날 거지?' 라고 물었던 말을 이제 지호가 예린에게 하고 있었다.

"안 떠나. 항상 오빠 곁에 있을 거야."

스무 살 첫사랑은 그렇게 시작되었고 그해 여름 장마는 길었다.

3

이별

　권 사장이 죽은 후 2년의 세월은 남은 가족들에게 지옥보다 더한 고통의 시간이었다. 회사 경영권을 두고 지키려는 자와 빼앗으려는 자의 다툼이 계속 이어졌다. 그 다툼이 길어질수록 신화그룹의 주식은 하락세를 그렸고 집안 분위기도 삭막해져 갔다.

　남편이 죽은 후 1년 가까이 정신적 충격에서 벗어나지 못한 혜선은 정신과 치료까지 받았다.

　모든 것을 잃어버린 느낌이었고 자신이 누렸던 세계가 무너지는 기분이었다. 그래서 남편의 죽음을 부인하며 1년의 시간을 보냈다.

그러다 정신을 차려 보니 많은 것들이 변해 있었다. 경영권은 아직 넘어가지 않았지만 자신의 자리가 위태롭다는 것쯤은 감지할 수 있었다. 그래서 혜선은 이를 악물고 지호에게 경영권을 물려주기 위하여 사투를 벌이고 있었다. 이제 자신이 믿을 사람은 오로지 지호밖에 없다고 결론지었다.

지호는 혼자 남은 어머니를 위해 뭐든지 열심히 했다. 오로지 아들 하나만을 믿고 사시는 분에게 실망감을 안겨 드릴 수는 없었다.

아버지의 죽음을 받아들이는 것만 해도 1년의 시간을 보낸 어머니였다. 조금이라도 어머니 마음에 드는 아들로 살기 위해 노력했지만 쉽지 않았다. 정신을 차리신 뒤 어머니의 욕심은 날로 더 커졌으니까.

시간이 지날수록 예린에게 미안했다. 서로 사랑하는 사이였지만 가족들이나 지인들에게 예린을 소개할 입장이 못 되었다.

자신의 마음을 알고 있는지 전혀 내색하지 않는 예린의 모습을 볼 때면 남자로서 자신이 한심하다는 생각마저 들었다. 바로 오늘처럼…….

"미안해, 예린아."

"또 그 소리. 나한테는 미안하단 말 하지 말라면서 요즘 오빠는 그 말을 입에 달고 살아. 내가 괜찮다는데 뭐가 문제야?"

"착한 거야, 아님 둔한 거야? 억울하지도 않아? 남들 앞에 당당하지도 못하는데."

"난 지금이 좋아. 우리 사이가 알려지면 시끄러운 일투성이야. 물론 그렇다고 영원히 이렇게 지내고 싶지는 않아. 우리에게도 가족에게도, 쉽게 받아들일 수 있는 그런 시기가 오지 않을까? 그때 얘기해도 늦지 않을 것 같은데."

커피숍에 앉아 조각케이크를 포크로 자르며 예린이 차근차근 말을 이었다.

"그런 날이 올까?"

"당연하지. 오빠가 이렇게 열심히 잘하고 있는데. 아직은 오빠가 사모님에게 신경 쓸 때잖아. 이제 겨우 현실을 받아들이셨는데 오빠가 어긋나면 사모님 더 힘들어하셔. 우선 오빠는 회사 일에 충실하고 나도 대학 졸업을 한 뒤 집안이 안정되면 그때 어른들께 말씀드리자."

"이럴 때면 나보다 네가 더 어른 같아."

"내가 좀 어른스럽기는 하지. 헤헤."

"그때까지 기다릴 수 있겠어?"

"그럼. 오빠도 날 기다려 줬는데 당연하지. 내가 지금 해줄 수 있는 것이 오빠 마음 편하게 해 주는 거잖아. 나 자신 있어. 언제까지 기다릴 자신 있다고.”

"내가 이래서 예린이 너에게 푹 빠졌나 봐. 세상 어떤 여자보다 예쁘고 착한 널 어떻게 사랑하지 않을 수 있겠어. 그날까지 오빠 열심히 회사 일 배워서 어머니 잘 챙길게. 대신 그날이 오면 오직 너에게만 충실할 거야. 날 믿고 기다려 준 너에게만.”

"듣기 좋다.”

지호를 바라보며 웃는 예린은 세상 모든 것을 다 가진 것처럼 행복했다. 오로지 자신을 사랑해 주는 지호가 곁에 있다는 것만으로도 더 바랄 것이 없었다. 이 사랑이 영원할 거라 굳게 믿고 있었다.

"오늘도 예린이를 만났다고요?”

이 비서를 통해 지호의 소식을 전해 들은 혜선의 눈빛이 날카로웠다. 정신을 차려 보니 지호의 마음은 온통 예린에게 향해 있었다.

아직 자신 때문에 아무 말도 하지 못하고 눈치를 보는 지호를 바라보며 혜선은 마음이 불안했다.

죽은 남편을 대신해 자신의 미래를 책임져 줄 아들의 입에서 예린의 이름이 나오는 그 순간 또 한 번의 위기가 닥칠 거라고 믿어 의심치 않았다.

지금처럼 불안한 시기에 지호가 예린을 선택하는 것은 무모한 도전과 같았다. 그냥 두고 볼 수만은 없었다.

"지호 들어왔나요?"

"네. 제가 모시고 들어왔습니다."

"잠깐 보자고 하세요."

이 비서가 나가자 잠시 후 지호가 안방 문을 열고 들어왔다. 무슨 일인지 눈빛으로 묻는 지호에게 혜선은 다정한 미소를 보여 주었다.

절대 아들의 사랑을 방해하는 못된 엄마로 보여서는 안 될 일이었다. 아직은 서로 으르렁거리며 싸울 단계가 아니었다. 얼마든지 조용하게 이 사랑을 잠재울 수 있다고 생각했다.

"내일 점심때 시간 될까, 아들?"

"드시고 싶은 거라도 있으세요?"

"꼭 그런 건 아니고. 사실 장 박사님하고 같이 식사하기로 했는데 너도 같이 갔으면 해서."

"어머니 또 치료받으셔야 해요?"

묻는 지호의 목소리가 떨렸다. 혜선의 치료를 도왔던 장 박사는 지호도 몇 번 만난 적이 있었다. 혜선의 입에서 장 박사 얘기가 나오자 심장이 덜컹 내려앉는 기분이었다.

"걱정하지 마. 그럴 일 없어. 다만, 고마운 분을 너무 모른 척하고 지낸 것 같아서. 인사도 할 겸 같이 점심이나 먹으려고."

"그러고 보니 못 뵌 지 꽤 된 것 같네요."

"그래. 엄마 치료해 주시느라고 고생 많으셨는데 너도 인사는 해야지. 그게 예의고."

"네. 그럴게요."

"고마워, 아들. 가서 쉬어. 약속 장소는 정해지면 얘기해 줄게."

지호가 방을 나서자 혜선의 표정이 서늘하게 변했다. 다식은 찻잔을 들고 공중에서 빙빙 돌리는 혜선은 차 마실 생각이 전혀 없어 보였다. 단지 복잡하고 위험한 생각을 정리하기 위해 이 같은 행동을 반복적으로 할 뿐이었다.

직접적으로 예린을 반대하는 것은 분명 역효과였다. 그래서 혜선은 예린 스스로 물러나게 하려고 마음먹었다. 그러면 지호도 더는 고집을 피우지 않을 것 같았다. 예린을 누구보다 아끼니 그녀의 선택도 존중해 줄 거라 믿어 의심치 않았다.

이 시점에서 지호의 사랑은 사치스런 감정이 아닐 수 없었다. 지금 신화그룹은 뚜렷한 후계 구도 없이 시어머니가 모든 것을 총괄하고 있었다.

사실 사업에 크게 관여하지 않았던 분이 회사를 좌지우

지한다는 것은 말이 되질 않았다. 시어머니 뒤에 시동생이 있다는 것쯤은 짐작하고 있었다.

다만, 표면적으로 시동생을 내세우지 않는 것은 지호와 자신에 대한 약간의 예의 같은 것이었다. 아들이 죽었다고 해서 며느리와 손자를 하루아침에 내몰 수는 없으니 유예 기간을 준 거나 다름없었다.

그렇다면 과연 이 유예기간이 언제까지일까. 언제 끝날 지도 모를 유예기간을 이렇게 허비할 수 없었다. 자신 쪽 사람이 무엇보다 필요했고 그러려면 지호의 사랑은 이쯤에 서 접는 것이 옳았다.

혜선은 빙빙 돌리던 찻잔을 내려놓고 일어났다. 집안 대 대로 신화그룹 안주인만이 지낼 수 있는 이 집에서 쫓겨 나지 않으려고 안간힘을 쓰는 자신을 스스로 위로했다. 이 자리는 영원히 자신의 것이라고 말이다.

다음 날 호텔 한식당으로 들어선 지호는 지배인의 안내 를 받으며 룸으로 향했다. 격자무늬 문을 열고 들어가니 혜선과 장 박사가 먼저 와 있었다. 짧게 안부 몇 마디를 나 누고 자리에 앉자 혜선이 주문을 했다.

"수라상 4인분 준비해 줘요."

"네, 알겠습니다."

지배인이 나가자 지호는 혜선에게 낮은 목소리로 물었다.

"누가 또 와요?"

"어. 장 박사님 따님이 이 근처라고 해서. 장 박사님이 약속 있는 것도 모르고 점심 같이 먹으려고 왔대. 우리가 선약이기는 하지만 그렇다고 그냥 보낼 수가 있어야지. 괜찮지?"

"아, 네. 저야 뭐……."

혜선의 눈치가 뭔가 이상했지만 지호는 기분 탓이라고 여기며 넘겼다.

잠시 후 긴 웨이브 머리를 한 여자가 문을 열고 들어왔다. 조신하게 걸어 들어온 여자는 지호의 맞은편에 앉았다.

"안녕하세요. 처음 뵙겠습니다."

살짝 머리를 숙여 인사를 한 여자는 한쪽 머리를 귀 뒤로 넘겼다. 윤기 나는 긴 웨이브 머릿결이 어깨 높이에서 찰랑거렸다.

"그래요. 반가워요. 이름이?"

"장하나입니다."

"예쁜 이름이네. 내 소개도 해야지? 나는……."

"알고 있어요. 청담동 스파에서 몇 번 뵌 적 있는데."

"거기 회원이구나. 몰랐네. 아! 내 정신 좀 봐. 이쪽은 내 아들 권지호."

오가는 말없이 고개를 까딱여 인사를 나눈 지호는 앞에 놓인 물 잔을 비웠다. 왠지 모르게 이 자리가 점점 불편해지고 있었다.

"장 박사님은 좋으시겠어요. 이런 예쁜 따님도 두시고. 전 아들 하나라 재미없게 살거든요."

"하하하. 사실 예쁜 짓은 하죠. 아내보다 딸이 더 예쁘더라고요."

"그러시겠어요."

가식적인 웃음과 영혼 없는 대화가 오가는 사이 네 사람 앞에 음식이 나왔다. 한 시간에 걸친 식사를 마치자 마지막 후식이 나왔다. 잣이 띄워진 수정과를 마시며 지호는 아무 말도 하지 않았다. 그저 이 자리가 빨리 끝나기를 바랄 뿐이었다.

"남자가 말 많은 것도 흠이지만 너무 과묵하시네요. 저 때문에 불편하신 거죠?"

눈치 빠른 하나의 질문에 지호는 할 말이 없었다. 그저 쓴웃음으로 답하며 남은 수정과를 마실 뿐이었다. 다 먹어야만 일어날 수 있을 것 같았다.

"저 먼저 일어날게요. 회사에 들어가 봐야 해서."

"어, 그래. 박사님께 인사드리고."

지호가 장 박사에게 고개를 숙이자 앞에 앉아 있던 하나도 자리에서 일어났다.

"저도 가 볼게요."

"벌써? 좀 더 있다 가도 되는데."

"지호 씨 차 좀 얻어 타려고요. 제가 오늘 차를 안 가지고 나왔거든요."

자신을 바라보는 하나의 시선에 지호는 난감한 표정을 지었다. 불편한 자리를 애써 피했다 생각했는데 아니었다. 지호는 조금 머뭇거리다 말을 꺼냈다.

"방향이 맞을지 모르겠네요. 제가 시간이 없어서 멀리 돌아갈 수는 없는데."

"저도 그쪽이에요. 신화그룹 맞은편에 있는 재영그룹이요. 올해 대학 졸업하고 큰아버지 회사에 입사했어요. 나중에 점심 정도는 같이 먹을 수도 있겠네요?"

"아, 네."

뭐라 빠져나갈 길이 보이지 않아 지호는 결국 난처한 얼굴로 대답했다.

"박사님, 그럼 우리도 일어날까요?"

"그러죠."

그렇게 네 사람은 지배인의 배웅을 받으며 룸을 나섰다. 엘리베이터를 기다리던 지호는 문득 고개를 돌리다 복도

끝에서 걸어오는 사람을 보고 그대로 굳어 버렸다. 예린이었다. 왜 여기에? 모든 것이 뒤죽박죽 꼬여 가는 기분이었다.

"어! 예린이 왔구나."

혜선이 먼저 예린을 불러 세웠다. 예린도 지호를 발견하고 놀랐는지 움찔하며 잠시 걸음을 멈췄다.

"어머니가 예린이 부르셨어요?"

"그래. 왜? 부르면 안 되니?"

"예린이를 여기 왜……."

난처한 지호의 표정에서 혜선은 많은 것을 읽을 수 있었다. 예린에 대한 지호의 감정은 더 이상 확인할 필요도 없었다.

"조금 있으면 예린이 생일이잖아. 나온 김에 선물이라도 하나 사 주려고 불렀지."

"지금까지 예린이 생일 챙기신 적 없잖아요."

"그렇다고 앞으로도 쭉 하지 말라는 법 있니? 네가 바쁘니까 나라도 챙겨야지. 집에 여자라고는 예린이 하나인데."

그사이 예린이 다가와 혜선에게 인사를 했다. 지호는 안절부절못하는 모습으로 예린을 바라보았다.

"제가 좀 늦었어요."

"아니다. 딱 맞게 왔어. 지호는 하나 양 데리고 가. 회사

들어가야 한다며?"

혜선의 물음에 지호가 망설이자 하나가 옆에서 거들었다.

"어서 가요."

"네. 저기…… 예린아."

말로 꺼낼 수 없는 변명이 지호의 눈빛으로 전해졌다. 예린은 애써 아무렇지 않은 듯 말을 건넸다.

"오빠, 다음에 봐."

그렇게 지호를 보내고 혜선과 단둘이 남은 예린은 지금이 상황을 어떻게 해석해야 할지 몰라 멍한 상태였다. 당당히 물어볼 수도 없는 처지에서 혜선의 기에 눌려 눈조차 제대로 맞추지 못하고 있었다. 마음 같아서는 당장 비상구로 뛰어가고 싶었다.

"갈 사람들 다 갔으니까. 우리도 움직일까?"

"어딜 가자는 말씀이신지……."

"선물 사 주려고. 너 다음 주 생일이잖아."

"안 챙겨 주셔도 되는데……."

"어른이 그러겠다 하면 사양 말고 '알겠습니다' 하는 거야. 착한 척은 동서 앞에서나 해."

차가운 말을 던지고 엘리베이터 안으로 들어간 혜선은 예린을 한심하게 바라보았다.

"안 타고 뭐하니?"

"네."

엘리베이터 문이 닫히는 것과 동시에 예린은 숨이 막히는 것 같았다.

혜선이 예린을 데려간 곳은 귀금속 매장이었다. 유럽 4대 명품 주얼리에 속하는 이 브랜드는 국내에서도 많은 인기를 얻고 있었다. 그동안 말로만 듣던 곳을 직접 방문한 예린의 눈이 절로 돌아갔다.

매니저를 따라 매장 안쪽 작은 룸으로 들어간 혜선은 벨벳 소파에 편히 앉았다.

뭔가 언짢은 듯한 혜선의 표정에 예린은 이곳까지 오면서 단 한마디도 꺼낼 수 없었다. 맞은편에 앉으면서도 마음이 불안했다.

"곧 준비해 드리겠습니다."

"그래요."

매니저가 나간 지 10분도 되지 않아 예린의 앞에는 아름다운 보석들이 반짝이고 있었다. 탁자 위에 줄줄이 늘어놓아진 목걸이와 팔찌, 반지에 예린은 입을 다물지 못했다.

"마음에 드는 걸로 골라 봐."

"여기……서요?"

"그래. 전부터 네가 새끼손가락에 끼고 있는 그 반지가 마음에 안 들더라고."

혜선의 말에 예린은 오른손으로 왼손을 덮었다. 끼고 있는 반지가 부끄러워 그런 것은 아니었다. 지호가 선물로 준 반지를 들키고 싶지 않아 나온 행동이었다.

"어디 보자. 음, 이게 괜찮겠다."

혜선이 골라 준 반지를 마지못해 껴 본 예린은 자신의 손가락을 멍하니 내려다보았다.

삼색의 보석이 반짝이고 있었지만 지호가 준 반지만큼 의미가 있지는 않았다. 화려하지만 선물하는 상대의 마음 조차 느껴지지 않는 차가운 보석을 바라보는 예린의 마음은 서늘했다. 입가에 절로 쓴웃음이 지어졌다.

"왜, 싫으니?"

예린의 표정을 살피던 혜선이 날카로운 목소리로 물었다.

"반지는 있으니까 목걸이가 더 좋을 것 같아서요."

"그럼 네가 골라 봐."

예린이 직접 고르도록 놔둔 혜선은 자신에게 어울릴 반지를 찾느라고 바빴다. 이것저것 끼워 보며 뿌듯한 표정으로 손가락을 내려다보던 혜선이 입을 열었다.

"아까 지호랑 같이 서 있던 여자 어때? 장 박사님 딸이야."

목걸이를 고르던 예린의 손이 공중에서 멈췄다. 어떻게 대답할지 몰라 망설였지만 회피할 수는 없었다. 예린은 아주 잠깐 스친 여자에 대해 묻는 혜선의 저의가 궁금했다.

"예뻐요."

"그렇지? 두 사람, 잘 어울리는 것 같지 않아? 동갑인데다 다니는 회사도 가깝고. 그러고 보면 그 집안하고 인연이 참 깊어."

반지를 고르는 혜선은 예린에게 시선조차 주지 않았다. 꼭 너의 불편함은 내게 아무것도 아니라는 무심한 행동 같았다.

"애가 참 똑똑하더라고. 싹싹하기도 하고. 사실 착하기만 해서 이 험한 세상을 어떻게 사니? 안 그래? 사람이 영리한 면도 있어야지. 득과 실도 따질 줄 알아야 하고. 장 박사님 집안 정도면 우리 집에 전혀 꿀릴 것 없고, 지호 짝으로 어떨까 생각 중이야. 너는 어때?"

혜선의 말에 들고 있던 목걸이가 예린의 손에서 탁자 위로 툭 떨어졌다. 좀 전 네 사람의 만남이 단순히 식사 자리는 아니었나 보다. 너무 충격적인 사실에 예린은 숨도 제대로 쉴 수 없었다.

사색이 된 표정으로 아무 말도 못 하고 얼어 버린 예린을 바라보며 혜선은 속으로 콧방귀를 뀌었다.

"어머, 얘 좀 봐. 이게 얼마짜리인데. 조심히 다뤄야지. 젊은 애가 정신을 어디다 팔고 있는 거야."

"죄송합니다."

"그래서 네 생각은 어떠냐고. 그래도 명색이 오빠인데 좋은 사람 찾도록 도와줄 거지?"

혜선의 물음은 예린의 귀에 달리 들렸다. 떨어져 나가라고. 너 때문에 방해가 된다고. 넌 절대 지호와 어울리지 않는다고. 천둥소리처럼 귓가에 울리는 것 같았다.

"넌 어른이 묻는 말에 왜 그렇게 대답을 안 하니? 자영이 뭘 가르친 거야."

"네. 그럴……게요."

"그래야지. 그동안 지호가 너에게 얼마나 잘해 줬어. 이제 네가 오빠에게 해 줄 차례야. 다른 건 몰라도 오빠 연애 사업에 방해는 되지 말아야지. 안 그래? 시도 때도 없이 붙어 다니면 사람들이 뭐라고 생각하겠니? 하긴, 우리 예린이는 눈치가 빠르니까 잘해 줄 거라 믿어. 다 골랐지?"

대충 제일 작은 펜던트를 골라 매장을 나온 예린은 아무 생각이 없었다. 아주 세게 뺨을 얻어맞은 기분이라 표정 관리가 되지 않았다.

선물을 받고도 전혀 즐겁지 않은 예린은 매장 앞에서 혜선이 나오기를 기다리고 있었다. 머리 위로 뜨거운 햇볕이

쨍쨍 내리쬐고 있었다.

"타고 갈래?"

매장을 나와 자신의 차 앞에 선 혜선이 예린을 향해 물었다.

"그냥 제가 알아서 갈게요."

"그래, 그럼."

뒤도 안 돌아보고 차에 올라탄 혜선에게 예린은 허리 숙여 인사를 했다. 차가 뜨거운 바람을 가르며 달려 나가자 예린의 몸이 순간 휘청했다.

아찔할 정도로 충격적인 혜선의 말에 입안이 다 말라 있었다. 이제야 예린은 자신의 잘못이 무엇인지 알 것 같았다.

이게 현실이었다. 잠깐 지호의 사랑에 현실을 모른 척했구나. 그래서 지금 이토록 마음이 아픈 거라고 생각했다.

천천히 지하철 정류장을 찾아 걸어가던 예린은 휴대폰 벨 소리에 가방을 열었다. 지호였다.

—나야. 지금 좀 만나.

"회사잖아. 난 피곤해서 지금 집에 들어갈 거야."

—어디야. 오빠가 갈게.

"피곤하다니까."

—지금 출발하니까 어디 있을지 메시지 남겨. 끊는다.

"오빠? 하아……."

뚝 끊긴 전화를 확인하고 예린은 두 눈을 살짝 감았다 떴다. 휴대폰을 가방 안에 넣고 주위를 두리번거린 예린은 마지못해 가장 가까운 카페로 걸음을 옮겼다.

카페 안은 밖의 날씨와 반대였다. 시원하게 에어컨 바람이 가득 들어차 있어 막힌 숨통이 트이는 기분이었다. 카페 가장 안쪽 자리에 자리를 잡고 앉은 예린은 주문조차 할 생각을 못 하고 멍하니 창밖을 바라보았다. 힘든 하루가 빨리 지나갔으면 하는 바람이었다.

30분 뒤 뛰어오듯 들어오는 지호가 보였다. 얼마나 조급한 마음으로 왔는지 지호의 표정에 다 드러났다. 예린은 좀 전의 일을 함구하기로 했다. 자신이 아닌 지호를 위해서.

"빨리 왔네."

"예린아, 아까는……."

"우선 주문부터 하고."

헐떡거리며 자리에 앉은 지호를 두고 예린은 자리에서 일어나 카운터로 걸어갔다. 잠시 후 예린은 아이스커피를 테이블 위에 내려놓았다.

"시원하게 마셔."

"예린아, 그게……."

"오빠."

지호는 잔뜩 긴장한 표정으로 예린을 바라보았다.

"어, 그래. 먼저 말해. 하고 싶은 말 있음 다 해. 들을게."

"진정해. 나 아무렇지 않아. 아니, 아무렇지 않은 것보다
좀 정신이 없어. 갑자기 고가의 선물을 사 주셔서 당황스러
울 뿐이야. 그러니까 죄인처럼 앉아 있지 마. 오빠 내게 소
중한 사람이야. 나는 소중한 사람을 막 대하고 싶지 않아.
앞으로도 그럴 거고."

"송예린."

"또, 바보 같다는 말을 하고 싶겠지. 내가 봐도 내가 참
답답하고 바보 같으니까. 그래도 어떡해. 내가 아픈 게 낫
지, 오빠가 아픈 건 못 보겠는데. 더구나 나 때문에 아픈
건 죽을 만큼 싫은데 어떡해. 사모님하고 아무 일 없었다
고는 말 못 해. 오빠가 믿지도 않겠지만 대신 오빠가 아무
리 날 몰아붙여도 말 안 할 거야. 그러니까 무슨 일이 있었
는지, 무슨 말이 오갔는지 캐낼 생각 하지도 마."

"도대체 내가 이럴 때 무슨 말을 해야 하는 거니. 상처
받은 사람은 넌데 왜 내가 위로받고 변명도 못 하고, 그리
고……."

"나 상처 안 받았어. 다만, 현실을 지금까지 외면했을 뿐
이야. 그 대가를 오늘 치른 거고. 물론 앞으로도 그 대가를

더 치러야겠지만."

세상에 비밀은 없는 거였다. 모든 사람을 속일 수 있다는 생각도 사실은 자만이었다. 더구나 이 사랑이 평탄하게 이루어질 수 있다고 믿는 것도 오산일 것이다. 어쩌면 이루어질 수 있다는 생각 자체를 버려야 할지도 몰랐다.

그렇다고 지금 놓을 수는 없었다. 사랑하니까, 지호를 너무 사랑하니까.

예린과 헤어진 지호는 회식 자리도 물리고 집으로 들어왔다. 주차장에 차를 세우고 안채로 들어선 지호는 노크도 없이 안방 문을 열었다. 혜선이 난 잎을 닦다 말고 문 앞에 서 있는 지호를 바라보았다.

"무슨 일이니?"

"유치하세요."

"하! 유치? 내가 유치하다고?"

혜선은 순간 지호의 발언에 발끈했지만 참기로 했다. 아직 아무것도 모르고 사랑에 눈이 멀어 날뛰는 지호와 똑같이 행동할 수는 없었다. 혜선은 차분히 마음을 가라앉히고 의자에 앉았다.

"그럼 이게 뭐예요. 이 사람 저 사람 불러 놓고 유치한 장난하신 거잖아요."

"난 네 사랑이 더 유치하다고 생각하는데?"

"어머니!"

"엄마 귀 안 먹었어. 그렇게 소리 지를 필요 없다. 문 닫고 들어와 앉아."

지호가 방문을 닫고 마주 앉자 혜선은 한심한 표정으로 바라보았다.

"그 유치한 사랑은 언제쯤 끝낼 생각이니?"

"그럴 생각 전혀 없어요."

"그래? 그럼 더 유치한 장난을 내가 할지도 모르는데 그래도 괜찮아?"

"왜요. 뺨이라도 때리시게요? 머리채 잡고 물 잔에 든 물 끼얹으면서 실컷 욕하시려고요?"

"그건 막장이지. 하지만 그 막장보다 더 큰 상처를 예린이에게 안겨 줄 수도 있어. 그러니까 이쯤에서 끝내. 그래야 오빠 동생으로라도 볼 수 있지. 내가 너희를 갈라놓으면 가족으로서도 끝이야."

못 해서 안 하는 것이 아니었다. 사회적 위치가 있으니 그런 추한 짓까지 하지 않으려고 노력할 뿐이었다. 하지만 자신이 어느 정도까지 참을 수 있을지는 혜선도 장담할 수 없었다.

"어머니!"

"얘가 오늘따라 답지 않게 왜 이리 목소리를 높여? 젊은 혈기에 엄마 앞에서 핏대 세우는 것이 자랑인 줄 아니? 이성적으로 행동해!"

"오늘 어머니께서 하신 행동은 이성적이었다고 생각하시는 거예요?"

"내가 이성적이지 않았다면 예린이는 지금쯤 짐 싸서 살던 집을 나갔을 거야. 그러니까 엄마를 자극하는 말은 삼가는 것이 좋을 거다. 경고는 한 번뿐이야."

살던 집을 나간다니? 사색이 된 표정으로 혜선을 바라보는 지호의 눈동자가 불안하게 흔들렸다. 무엇인가 아주 큰 비밀을 본인만 가지고 있다는 뉘앙스가 지호의 피를 거꾸로 솟아오르게 만들었다.

예린에 관한 일이라면 사소한 거라도 알고 있어야 하기에 지호는 일어나는 혜선의 손을 급히 잡았다.

"얘가 왜 이래?"

짜증스런 혜선의 목소리가 지호에게 향했다.

"사모님."

그때 밖에서 집안일을 봐주는 아주머니의 목소리가 들렸다. 지호는 마지못해 혜선의 손목을 놓아주었다.

"으음. 무슨 일이에요?"

"큰 사모님께서 잠시 들어오시라고……."

문밖에서 들리는 아주머니의 목소리가 떨렸다. 짐작하건대 어머니와 신경전이 계속 이어지자 말을 전할 틈을 못 찾고 계속 대기 중이었던 것 같았다.

　지호는 모든 사실을 알게 된 아주머니의 불안함을 목소리에서 느낄 수 있었다.

　"지금?"

　"네."

　"알았어요."

　"저기……. 도련님도 같이 들어오라고 하셨습니다."

　말을 전한 아주머니가 자리를 뜨자 혜선과 지호는 한동안 말이 없었다. 느낌이 좋지 않았다.

　할머니의 방은 자개 가구가 많았다. 깔끔하면서도 고급스러워 보이는 자개를 유독 좋아하시는 할머니의 취향이 그대로 느껴지는 방이었다. 진한 노란색 보료 위에 앉아 두 사람을 바라보는 할머니의 표정이 잔뜩 굳어 있었다.

　"지금부터 내가 하는 말 명심해라."

　단호한 할머니의 목소리에 지호는 순간 오금이 저렸다.

　"미국에 너희가 살 집을 구했다. 그러니 조용히 떠나."

　"할머니!"

　"어머님! 무슨 말씀이세요? 떠나라고요?"

갑작스런 할머니의 결정에 놀란 혜선과 지호는 벌어진 입을 다물지 못하고 있었다.

"너희 두 사람 때문에 더는 회사를 그냥 둘 수 없다. 이제 나도 나이가 들었고. 회사는 둘째가 맡아서 할 거야. 그런 줄 알아."

"어떻게 저희한테 이러실 수 있어요! 남편을 하루아침에 보낸 것도 억울한데 이제 저희를 이 집에서 쫓아내시는 건가요? 어머님이 무슨 권리로요!"

이성을 잃은 혜선의 목소리가 문밖을 넘어섰다. 인정할 수 없었다. 어떻게 버틴 시간인데, 이렇게 하루아침에 쫓겨날 수는 없었다.

"내가 못 할 것 같아! 내 아들이 그렇게 비명횡사한 것도 따지고 보면 다 네 탓이야!"

"할머니, 그건 억지세요."

지호가 할머니를 말려 보았지만 소용없었다. 그동안 참고 있었던 말들이 할머니의 입을 통해 쏟아져 나왔다.

"지호 너도 알아야 해. 네 어미가 얼마나 악랄한 여자인지! 순진한 내 아들을 꼬드겨 결혼까지 하더니 그 추악한 욕심으로 내 아들을 일에 파묻혀 살게 했어. 하루하루 일에 미쳐 가는 아들을 바라보며 내 속만 썩어 문드러졌지. 그냥 이렇게 두면 그 욕심이 분명 지호 너도 망칠 거야."

"왜 그렇게 생각하세요? 제가 그 사람을 도와 신화그룹을 이만큼 키워 놓은 거라고요! 상을 주지는 못할망정 이 집에서 쫓아내시겠다고요! 제가 순순히 걸어 나갈 것 같으세요!"

"선택해라. 너만 나가든지, 아니면 지호랑 같이 나가든지."

자신만 나간다면 두 번 다시 이 집에 발을 붙일 수 없다는 것을 혜선은 알고 있었다. 핏줄이라도 쥐고 있어야 훗날을 기약할 수 있기에 머릿속이 복잡해졌다. 어떻게든 이 집에서 버텨야 한다는 생각뿐이었다.

"제가 못 나가겠다면 어쩌시겠어요? 사람이라도 부르실 건가요? 그러면 어머님의 위신에도 큰 타격이 있을 텐데요."

꼬아질 대로 꼬아진 혜선의 말투에서 이미 고부간의 예의는 찾아볼 수 없었다. 그저 쫓아내려는 자와 남으려는 자의 강한 기 싸움만이 있었다. 두 사람을 지켜보는 지호는 누구 편도 들 수 없었다.

"내 위신을 생각했다면 진작 했을 거다. 조용히 나가지 않으면 더한 것도 할 생각이야. 내 위신보다 회사가 먼저니까."

확고한 할머니의 말씀에 어머니는 방을 나가 버렸다. 이

곳은 집이 아니라 전쟁터였다.

지호는 숨이 막혀 더 이상 그곳에 앉아 있을 수 없었다. 할머니와 어머니에게 시간이 필요하듯 지금 자신에게도 생각할 시간이 필요했다. 인사도 없이 일어나는 지호의 몸이 순간 휘청했다.

"지호 넌 앉아. 할미 얘기 아직 안 끝났어."

힘없이 일어나던 지호는 다시 방석 위에 자리를 잡고 앉았다. 무슨 말을 더 들어야 하는지 앞이 암담했다. 그저 이 방에서 나가고 싶은 생각뿐이었다.

"할미에게 섭섭하지? 섭섭하겠지. 할미가 밉겠지. 하지만 지호야, 널 위한 결정이라는 걸 잊지 마라."

"이 방법밖에는 없는 거예요?"

묻는 지호의 목소리에는 기운이 하나도 없었다.

"회사 사정이 좋지 않아. 할미가 회장직에 앉아 있기는 하지만 모든 일은 다 네 작은아버지가 하고 있어. 대외적으로 그룹 내에 사장직을 오래 비워 둔다는 것은 있을 수 없는 일이다. 네 작은아버지가 사업함에 있어서도 많은 제약이 있고. 해서 내린 결정이야."

"왜 이제 와 그런 결정을 내리신 거예요? 이러실 거면 차라리 그때……."

"죽은 내 아들에 대한 예의였다. 한때 내 아들이 사랑했던 여자이고 정신적으로 힘들어하는 네 어미를 차마 내칠 수 없었어. 너도 이곳에서 대학 졸업은 할 수 있도록 할미가 버텨 주는 것이 너에게 해 줄 수 있는 최선이라고 생각했다. 며느리가 아무리 밉다고 너까지 밉겠니? 마음 같아서는 네 어미만 쫓아내고 싶다만 너마저 옆에 없다면 나쁜 생각을 먹을 것 같아 같이 보내는 거야. 견문도 넓힐 겸 회사가 안정될 때까지만 있다 오너라."

울먹이는 할머니의 목소리에 지호의 눈시울도 붉어졌다.

"네 아비가 죽은 후 주주들과 이사진은 이미 네 작은아버지를 사장직에 올려야 한다고 했지. 하지만 아버지를 잃은 너에게 차마 못 할 짓이라 내가 그들을 설득했다. 그러나 이런 내 마음과 달리 네 어미는 뒤에서 그들을 조종했더구나. 아버지가 죽고 난 뒤 상속받은 주식을 이용해 자신이 그 자리에 앉으려고 했어. 할미는 네 어미의 욕심을 보고만 있을 수 없었다. 그러니 지호야……."

말을 잇다 말고 자신의 손을 잡는 할머니의 행동에 지호는 모든 의심을 거두기로 했다. 어떤 마음으로 내리신 결정인지 손등으로 떨어지는 할머니의 눈물이 말해 주었다.

"할미의 선택을 믿는다면 조용히 떠나. 다 잊고 지내다 때가 돼서 들어와도 늦지 않아. 네 자리는 작은아버지가 잘 지키고 있을 게다."

지호는 대답 대신 고개를 끄덕였다. 할머니의 사랑이 심장까지 전해지는 기분이었다.

"그리고…… 예린이 말이다."

할머니가 먼저 예린을 언급하자 지호는 당황스러웠다. 무슨 말을 하실지 걱정도 되었다. 지호는 잔뜩 얼어 버린 표정으로 할머니를 바라보았다.

"할미는 반대하지 않는다."

"할머니?"

"네 아버지가 쓰러지기 전에 얘기하더라. 자식을 위해 해줄 수 있는 일이 고작 그거라고. 지호가 이 회사를 이어 가려면 마음 의지할 곳이 필요하다고. 그러니 귀한 손자를 위해 예린이를 지켜 달라고 부탁하더구나. 네 욕심 많은 엄마 손에 그 사랑이 조각나지 않도록 지켜 달라고 이 할미에게 무릎 꿇고 간청하던 네 아비의 모습이 아직도 눈에 선하다."

"아버지가 절 위해서……."

"지금 네 어미에게 예린이까지 허락하라고 강요해 봤자 절대 받아들일 사람이 아니다. 그러니까 하나하나, 차근차근히 하자꾸나."

"할머니, 저는…… 할머니 결정 존중해요. 불만 없어요. 하지만…… 예린이를 두고 한국을 떠날 수는 없어요."

"알지. 할미가 알지 왜 몰라. 할미 믿고 먼저 가. 가서 네 어미는 네가 다독여. 감정이 좀 사그라지고 그곳 생활이 안 정되면 그때 예린이를 네 곁으로 보내 주마."

무엇이 예린을 위해 최선인지 지호는 그 자리에서 결정할 수 없었다. 단지, 자신의 편은 아무도 없다고 믿었는데 할머니가 반대하시지 않는 것만으로도 놀랄 뿐이었다.

비록 아버지는 세상을 떠나셨지만 자신을 위해 마지막까지 걱정해 주시며 뒷일을 부탁하신 그 마음에 눈물이 쏟아졌다. 오늘따라 아버지가 너무도 그립고 보고 싶었다.

시간이 지날수록 혜선은 궁지로 몰렸다. 그동안 자신을 지지해 주던 주주들이 하나둘 돌아서기 시작했다. 시어머니의 결정이 그들의 귀에도 들어갔는지 어떤 이들은 전화조차 받지 않았다. 한국을 떠날 시간은 다가오고 마음은 조급해질 수밖에 없었다.

아무리 머리를 굴려 보아도 좀처럼 헤어날 방법을 찾지 못했다. 사실 지금 당장 혜선이 할 수 있는 일은 아무것도 없었다.

체면상 보유하고 있는 지분으로 시동생의 대표이사 선임 건을 반대하는 것이 전부였다. 물론, 반대 의사보다 찬성에 더 많은 표가 쏠릴 것은 당연한 처사였다.

이미 자신만 빼놓고 똘똘 뭉쳤을 가족들을 생각하니 속에서 부아가 치밀어 올랐다. 이렇게 가만히 앉아 쫓겨날 수는 없었다. 한 가지라도 확실하게 정리를 해야겠다는 생각이 든 혜선은 서둘러 외출 준비를 했다.

"죄송해요. 제가 늦었어요."

"앉아. 시간 없으니까."

"네."

한적한 커피숍으로 예린을 불러낸 혜선은 전과 다른 표정이었다. 자비로움과 여유로움은 전혀 찾아볼 수 없는 표정이 예린을 긴장하게 만들었다.

"지호와 내가 떠난다는 말은 들었겠지?"

"네."

"넌 어쩔 셈이니? 이 와중에 지호와 사랑을 이어 가겠다는 멍청한 말은 하지 않겠지?"

"그건……."

말을 잇지 못하고 망설이는 예린의 태도가 혜선은 답답했다.

"그 사랑을 지킬 수 있다고 생각하는 거야?"

"서로 마음만 진실하다면……."

"얘, 넌 지금 사랑을 운운할 때가 아니야. 네 앞가림 먼저 해야지. 안 그래?"

"저 나름대로 열심히 공부하고 있어요. 지호 오빠만큼은
아니더라도 부끄럽지 않으려고 노력하는 중이에요. 그러니
까 조금만 더 지켜봐 주시면……."

"답답하네. 내 말은 네가 그 집에 있을 때가 아니라고."

"그게 무슨 말씀이세요?"

지금까지 나눈 대화의 요점에서 빗나가는 혜선의 발언
에 예린은 정신을 차릴 수가 없었다. 무엇인가 자신이 감
당 못 할 비밀이 터져 나올 것만 같아 불안했다.

"어머, 자영이 아직도 말을 안 해 줬니? 참, 그 속을 알
수가 없다니까. 내가 말을 꺼낸 지가 언제인데 지금까지
함구하고 있다니. 이건 입이 무거운 게 아니라 자신의 흠
을 숨기고 싶은 거야. 위선 덩어리."

시원한 커피를 들이켜던 혜선은 콧방귀까지 뀌었다. 예
린은 마냥 기다리고 있을 수 없었다. 이제 다급한 이는 예
린 쪽이었다.

"알아듣게 말씀해 주세요."

"뭐, 어차피 난 떠날 사람이니까 다 말해 줄게. 자영이가
널 왜 키웠는지 아니?"

"그거야 돌아가신 엄마와 친한 분이셨으니까……."

원하는 답이 아니라서 그런 건지, 아니면 예상했던 답이

라서 그런지 혜선의 입가가 삐딱하게 올라갔다.

"물론 친했지. 그렇게 친한 친구였던 네 집안을 망하게 한 사람이 자영이라면 믿겠니?"

"!"

당시 자영의 집안은 검찰 조사로 시끄러웠다. 굴지의 대기업이 돈세탁을 했다는 설이 난무했고 그런 기업들의 명단에 자영의 집안도 올랐다.

더 이상 피할 길이 없었던 자영의 집에서 모든 것을 책임지고 죄를 인정할 대리인을 찾았다. 바로 예린의 아빠였다.

회사 이중 장부를 관리했던 예린의 아빠가 모든 것을 인정하고 검찰에 출두했다.

하지만 조사는 그 선에서 끝나지 않았다. 그런 지시를 내린 윗선을 찾기 위해 검찰은 예린의 아빠를 몰아붙였고 가족을 위해서 입을 열 수 없었던 예린의 아빠는 마지막 방법으로 자살을 택했다.

그렇게 남편이 죽은 후 충격에서 벗어나지 못했던 예린의 엄마도 짧은 유서를 남기고 그만 자살을 했다. 모든 일은 순식간에 벌어졌고 죽음으로 몰아간 검찰의 조사가 화두에 올랐다. 그래서 그 사건은 두 명의 죽음으로 일단락 지어졌다.

"자영은 천사 같은 마음으로 친구의 딸을 맡아 키운 것이 아니야. 죄책감으로 지금까지 데리고 있던 거지. 아무것도 모르고 원수의 집안에서 호의호식하며 지금까지 잘 지냈으면 이제 그만 그 집에서 나가. 죽은 부모님한테 미안하지도 않니?"

"사실이 아닐 거예요."

부인하는 예린의 목소리가 떨렸다. 온몸이 떨렸고 등에서 식은땀도 흘렀다. 충격은 생각보다 더 컸다.

"그럼 직접 가서 묻든가. 그런데 한 가지만 알아 둬. 나에게 듣는 것보다 몇 배는 더 상처가 될 거라는 걸. 사실 당사자에게 확인하는 것만큼 괴롭고 고통스러운 일은 세상에 없는 법이거든. 굳이 느끼고 싶다면 그렇게 해. 난 말릴 생각이 전혀 없으니까."

활활 타오르는 불을 옆에서 재미있게 구경하겠다는 혜선의 뉘앙스에 예린은 속이 뒤틀리는 기분이었다. 자신이 불행하다 해서 남의 행복까지 깨려는 혜선의 행동을 이해할 수 없었다.

인생을 더 산 어른으로서 해서는 안 될 행동 같았지만 혜선을 미워할 여유가 지금의 예린에게는 없었다. 사실 확인이 먼저였다.

"그래도 지금까지 절 키워 주신 분이세요. 돌아가신 부모님들은 몰라도 전 따질 처지가 아니라고 생각해요."

"하! 그건 위선이지. 속으로는 그 누구보다 화를 내며 따져 묻고 싶은데 내 앞에서는 고상하고 이성적인 행동을 보이는 거잖아. 건방지게. 자영이 밑에서 크면 다 그렇게 되니? 어쩜 닮지 말아야 할 그런 성격까지 닮았을까? 역겨워 죽겠네."

"저를 욕하시는 건 상관없지만 어머니는 욕하지 마세요. 그런 소리를 들을 만큼 잘못한 거 없으세요."

"내 얘기를 듣고도 그런 말이 나와? 네 부모님을 죽음으로 몰아간 장본인이 자영이라니까?"

"엄밀히 따지면 어머니는 아니죠. 그 당시 어머니가 무엇을 할 수 있었겠어요. 아무런 결정권도 없으셨을 테고 그 누구보다 속을 끓이며 괴로워하셨을 거예요. 전 그렇게 믿고 싶어요."

예상과 전혀 다른 반응을 보이는 예린 때문에 혜선은 화가 났다. 도대체 악한 면은 눈을 씻고 찾아봐도 없었다. 마냥 착하고 배려하는 모습이 혜선에게는 가식적으로 다가왔다.

"난 네가 이래서 싫어. 하나부터 열까지 다! 착한 척하는 그 가식적인 웃음도 싫고, 욕심 없는 천사 같은 마음도 싫고, 나와 같은 고아인 것도 싫어. 넌 내 아들 앞길에 전혀 도움이 안 되는 아이거든. 네가 능력이 없으면 부모 능력이라도 있어야 하는데 넌 그마저도 없잖아? 지호는 신화그룹 후계자가 될 몸이야. 그러니까 이쯤에서 끝내. 더 험한 꼴 보기 싫으면."

독설을 내뿜고 커피숍을 나가는 혜선의 뒷모습을 바라보며 예린은 자신의 가슴을 쓸어내렸다. 무섭고 두려웠다. 온몸이 오싹해질 만큼 싸늘한 혜선의 눈빛에 얼어붙을 것만 같았다.

예린은 자신이 무슨 대답을 어떻게 했는지조차 기억나질 않았다. 하지만 한 가지는 확실했다. 바보 같은 사랑은 여기서 끝이라는 것.

집으로 돌아온 예린은 작업실 문을 두드렸다. 들어오라는 자영의 목소리에 작업실로 들어간 예린은 잔뜩 일그러진 표정을 짓고 있었다.

"밖에서 무슨 일 있었니?"

묻는 자영의 목소리에는 걱정이 가득 묻어 있었다.

"부모님이 왜 돌아가셨는지 알았어요."

들고 있던 붓이 바닥으로 떨어졌다. 자영은 아무 말도 할 수 없었다. 숨길 수 있다면 죽을 때까지 숨기고 싶었던 비밀이었는데, 적어도 예린의 입을 통해 먼저 이런 말이 나오기를 바라지는 않았는데 올 것이 오고 말았다. 자영은 무슨 말부터 꺼내야 할지 알 수 없었다.

"예린아……."

"사실……이겠죠? 사모님한테 들은 얘기니까요."

"맙소사."

자리에서 벌떡 일어난 자영은 두 눈을 꼭 감았다. 머리가 다 아찔해지고 있었다.

"저희 아버지가 희생양이었던 거죠?"

"그건……."

"그러면 지켜 주셔야죠. 그 모든 사실을 인정하게 두셨으면 사람 목숨만은 지켜 주셨어야죠! 뭐하셨어요? 그 충격으로 어머니마저 자살을 선택하실 동안 뭐하셨냐고요! 아버지는 몰라도 어머니 목숨은 지켜 주시는 것이 사람 도리잖아요. 너무하세요. 정말 너무……."

혜선의 앞에서 참고 참았던 울분과 눈물이 쏟아져 나왔다. 차마 하지 못했던 한스러운 말이 자영의 앞에서는 쉴 새 없이 이어졌다.

반평생 자영의 집안을 위해 일한 아버지가 불쌍했고 어린 자신을 두고 떠난 어머니가 원망스러웠다. 왜 그 선택밖에 없었을까. 정말 죽음이 최선이었을까.

예린은 죽은 부모님을 이해할 수 없었다. 그들의 마지막 선택에 자신은 전혀 존재하지 않았던 것 같아 가슴이 저렸다. 자신의 존재가 부모님에게는 아무것도 아니었다는 생각이 머릿속에서 떠나질 않았다.

"그 당시 내가 할 수 있는 일은 아무것도 없었어. 미안해. 비겁한 변명이지만 정말이야. 집안의 결정이었고 내 의사는 무시되었지. 그래서 오로지 널 지켜야겠다는 생각뿐이었어. 친정과 시댁의 반대에도 너 하나만은 지켜야겠다고 말이야. 그것이 내가 죽은 친구를 위해 할 수 있는 유일한 일이기도 했고."

자영은 간간이 목이 메었다. 죽은 친구의 얼굴을 떠올리자 가슴속에 숨겨 두었던 악몽이 되살아나는 기분이었다. 다시는 떠올리고 싶지 않았던 과거의 아픔에 자영은 예린만큼 괴로워했다.

"왜 숨기셨어요? 왜 말씀해 주시지 않았냐고요! 차라리 어머니 입으로 들었다면 이런 배신감은 들지 않았을 거예요. 사모님 앞에서 그렇게 참담한 모습으로 앉아 있지는 않았을 거라고요! 왜 절! 키우셨어요. 그냥 모른 척하시지. 그랬으면! 차라리 그랬으면 부모님 따라서……."

촤악! 갑자기 날아온 자영의 손이 예린의 볼을 내리쳤다. 예린의 고개가 절로 돌아갔다. 미친 사람처럼 소리 지르고 분통을 터뜨리던 예린의 정신이 번쩍 들었다.

"죽기라도 했다는 거야? 너까지 죽는 꼴을 지켜보고 있는 것이 옳았다고 말하는 거냐고! 그래. 먼저 말하지 않은 내 탓이지만 널 지켰다는 사실을 후회한 적은 한 번도 없다. 만약, 시간이 허락돼 다시 돌아간다고 해도 난 똑같은 선택을 할 거야. 널 절대 혼자 두지 않아."

예린은 이 사실을 숨기는 동안 자영의 마음도 편치 않았을 거라는 생각이 들었다.

다만, 누군가에게 화풀이를 하고 싶었다. 이 모든 사실을 갑자기 다 받아들일 수 없으니 누구에게는 쏟아 내야 했다. 그 대상이 바로 자영이었고, 믿었다. 자신을 이해해 주실 거라고.

"머리는 어머니의 선택이 옳았다고 하는데 가슴이 받아 주질 않아요. 너무 갑작스런 사실에 정신이 없고 어떻게 해야 할지 모르겠어요. 비밀을 알고도 이 집에 있자니 돌아가신 부모님께 너무 죄스러워서 미칠 것 같아요. 그러니까 저에게 시간을 주세요."

자영의 심장이 바닥으로 내려앉았다. 예린을 잡을 수 없다는 걸 알면서도 어떻게든 곁에 두고 싶었다.

더는 죽은 친구에게 죄를 짓고 싶지 않았으니까. 예린을 끝까지 책임지겠다고 약속했으니까. 하지만 그 약속을 지키지 못할 것 같은 불길한 기운을 온몸으로 느꼈다.

"말해 줬어야 하는데 그러지 못했어. 이제 와 생각하니 아마 두려웠던 모양이야. 너에게 비난받을까 봐. 그래, 너도 시간이 필요하겠지. 알았다. 하지만 이 사실 하나만은 믿어 줘. 넌 내 딸이야."

한 번의 폭풍이 작업실을 쓸고 지나간 느낌이었다. 감정을 모두 쏟아 낸 두 사람은 움직일 기력조차 없었다. 그저 이 아픔의 시간이 길지 않기를 바랄 뿐이었다.

대충 여행 가방에 보이는 대로 짐을 싼 예린은 조용히 집을 나왔다. 복받치는 감정에 집을 나오기는 했지만 막상 갈 곳은 없었다. 친한 친구도 없이 그저 학교, 집만 오갔던 자신의 짧은 인맥에 때늦은 후회를 했다.

휴대폰에 입력된 친구들의 목록을 살피다 한숨을 내쉰 예린은 무거운 발걸음을 버스 정류장으로 향했다.

갈 곳이 정해지지 않았으니 버스가 도착해도 탈 수가 없었다. 정류장에 버스가 도착할 때마다 타고 내리는 사람들이 분주하게 움직였다.

하지만 예린은 시간이 멈춘 것처럼 꼼짝 않고 앉아 있었다.

"여기서 뭐해?"

예린의 멍한 정신을 깨워 준 사람은 수연이었다. 예린은 갑작스런 수연의 등장에 벤치에서 벌떡 일어났다.

"여기서 뭐하냐고."

"나…… 그러니까…… 너는?"

말꼬리를 돌리는 예린의 태도가 수상했지만 수연은 묻는 말에 대답을 해 주었다.

"나야 알바 끝나서 돌아가는 길이지. 여기서 버스 타고 가거든."

"아, 그렇구나. 참, 너 알바 또 가야 하지?"

"오늘은 이게 마지막이었어. 넌 이 시간에 어디 가?"

수연의 질문에 예린은 또 한 번 머뭇거렸다.

"이 여행 가방 네 거야?"

"어? 어……. 내 거 맞아."

수연은 마지못해 답하는 예린의 표정에서 많은 것을 짐작할 수 있었다. 이 늦은 저녁 시간에 여행을 떠나는 것도 아닐 테니 조심스레 집을 나왔다는 쪽으로 무게를 실었다. 난처해하는 예린의 태도를 지켜보며 수연은 더 이상 묻지 않았다.

"버스 들어온다."

"그래. 잘 가."

예린이 어설프게 손 인사를 했다.

"넌 안 타?"

"나? 나는…… 다음 버스 타고 가려고."

"타. 우리 집 가는 버스야."

"타라고?"

"가기 싫으면 말든가."

"아니야. 갈게."

수연의 한마디에 예린은 모든 걸 들켜 버린 것 같았다. 왜 처음부터 사실대로 말하지 못했는지 후회했지만 어찌 됐든 수연을 만난 것은 다행이었다. 예린은 수연을 따라 버스에 올랐다.

예린이 집을 나온 지 이틀이 지났다. 시호가 수연의 집까지 찾아와 돌아가자고 했지만 예린은 요지부동이었다. 잠시 친구와 지내고 싶다는 다소 설득력이 떨어지는 이유를 만들어 시호를 돌려보냈다.

그러나 지호까지 돌려보낼 수는 없었다. 서로 나눌 말이 많다는 것을 알고 있었으니까. 예린은 지호를 따라 수연의 집 근처 호프집으로 들어섰다. 이른 시간이라 손님은 많이 없었다. 두 사람은 맥주잔을 앞에 두고 마주 앉았다.

"사실이야?"

"어."

담담하게 대답하는 예린의 모습에 지호는 할 말을 잃었

다. 시원한 맥주를 반쯤 들이켠 지호는 입가에 묻은 거품을 손등으로 닦았다. 맥주가 식도를 따라 내려가자 절로 인상이 구겨졌다. 술을 잘 못하는 지호였기에 순간 머릿속이 핑 하고 도는 느낌이었다.

"그 사실은 어떻게 알았어?"

"누구한테 들었는지는 중요하지 않아. 사실이냐 아니냐가 중요하지."

"나에게는 누구한테 들었는지도 중요해. 그러니까 말해."

흘러가는 방향을 보니 답도 없는 말싸움을 하게 될 것 같았다. 지호는 분명 혜선 대신 사과를 할 테고 예린은 사랑하는 남자를 위해 그 사과를 받아들여야 했다.

단지, 혜선은 사실을 전해 줬을 뿐인데 나쁜 일을 한 사람이 되었다. 물론, 그 의도가 사실만을 전해 주려는 목적은 아니었지만 그래도 사과를 받을 만큼 잘못했다고 손가락질을 할 수는 없었다.

그래서 예린은 이 절차를 생략하고 싶었다. 이미 벌어진 일만으로도 머릿속이 복잡했으니까.

"나에게 지금 가장 필요한 건 오빠의 걱정이나 관심이 아니야. 생각할 시간이지. 그러니까 나 좀 혼자 두면 안 될까?"

"내가 네 걱정을 하지 않으면 누가 해. 내가 널 사랑하는데, 사랑하는 사람이 지금 너무 힘들어하는데 어떻게 모른 척 혼자 둘 수가 있어. 넌 그럴 수 있어?"

"아니. 못 하겠다. 나도 오빠랑 똑같이 하겠지? 사랑한다는 이유로?"

지호의 답을 듣기 위해 묻는 말이 아니었다. 입장이 바뀌었다면 예린도 한걸음에 달려와 모든 짐을 나눠지려 했을 것이다. 사랑이라는 감정을 밑바닥에 깔고서 본인에게 토해 내라고 다그쳤을 것이다.

절로 씁쓸한 미소가 지어졌다. 왜 자신도 지키지 못할 일을 상대에게 강요하는지 모를 일이었다. 예린은 자신의 앞에 있는 맥주잔을 비우며 생각을 정리했다.

"이렇게 된 이상 같이 떠나자."

"어딜? 미국에 같이 가자고?"

"어."

"그건 싫어. 이런 상태로 어머니에게 등을 돌릴 수는 없어. 그래도 지금까지 날 남부럽지 않게 키워 주셨는데 그런 몹쓸 짓을 할 수는 없지."

"그럼 들어가. 작은어머니 마음 이해한다면 이러고 있지 말고 제발 들어가."

"모르겠어. 알면서도 용납은 안 되고, 뭘 어떻게 할 주제도 안 되면서 화는 나고. 내가 지금 그래. 하루에도 열두 번은 더 마음이 오락가락해. 뭐가 문제일까? 내가 못된 거지?"

예린은 빈 잔에 맥주를 가득 채웠다. 양 조절이 되지 않아 넘치는 맥주를 바라보며 자신의 감정이 넘쳐흐르는 것 같았다. 간단하게 끝낼 일을 괜히 붙잡고 늘어져 쓸데없는 감정 소모를 하는 느낌도 들었다.

예린은 채워진 잔을 들어 맥주를 들이켰다. 지호도 남은 술을 마셨다.

"그렇잖아. 지금까지 살면서 얼마나 돌아가신 부모님 생각을 했다고 이제 와 웃기지도 않는 울분을 토해 내며 효녀인 척하는 내가 미워. 키워 주신 은혜는 한순간에 잊어버리고 말이야."

"예린아……."

"사실 그 집을 나오면 어떻게 살아야 할지 막막해. 내가 너무 온실 속의 화초처럼 컸나 봐. 다 예뻐해 주시니까. 내가 정말 그 집 사람이라도 된 것처럼 그렇게 착각하고 살았나 봐. 그래서 겁 없이 하면 안 될 사랑도 한 것 같고."

"송예린!"

"할머니에게 얘기 들었어. 오빠 떠나고 내가 학교 졸업하면 미국으로 보내 주시겠다고. 약속은 하셨지만 그것도 무서워. 사모님이 너무 무서워서 내가 감당이 안 될 것 같아. 아무도 없는 이국땅에서 오빠만 바라보며 산다는 것도 내게는 모험이야. 미안해, 오빠. 이런 말 해서."

속이 타는지 지호도 빈 맥주잔을 가득 채워 단숨에 비웠다. 머리가 어지러웠지만 술이라도 마시지 않으면 속이 시커멓게 타들어 갈 것만 같았다. 지호는 미안해하는 예린의 얼굴을 지그시 바라보았다.

"아니야. 네가 지금 너무 지쳐 있어서 그래. 알았어. 오빠가 시간을 줄게. 우선 이거 받아."

"이게 뭐야?"

"비행기 티켓. 아직 시간 남았으니까 차근차근 같이 고민하고 헤쳐 나가자. 분명 너와 나에게 최선의 길이 있을 거야."

지호가 전해 준 비행기 티켓을 손에 쥔 예린은 더 많은 생각들로 머릿속이 복잡했다. 과연 자신이 어떤 선택을 해야 할지 예측조차 할 수 없었다.

그렇게 대화를 끝낸 두 사람은 호프집을 나왔다. 그러나 약속이라도 한 듯 발걸음이 떨어지지 않는 이유는 무엇일까? 늦은 밤, 하늘에서는 주룩주룩 비가 내리고 있었다.

"언제 떠나?"

묻는 예린의 목소리가 빗소리에 묻혀 잘 들리지 않았다.

"뭐라고?"

"언제 미국으로 가냐고."

"아버지 제사 지내면 가야지."

"그러고 보니 이맘때 돌아가셨네. 그때는 장마가 길었는데."

"예린아."

"응?"

"내가 오늘 같이 있자고 하면 그럴래?"

예린은 아무 대답도 하지 않고 지호를 따라 차에 몸을 실었다. 그가 어디로 향하는지 짐작은 할 수 있었다. 어쩌면 한동안 못 볼 수도 있다는 생각이 괜한 용기를 불어넣어 주었다. 그렇게 예린은 술기운을 빌려 호텔 룸으로 들어섰다.

문이 닫히자마자 지호는 예린을 벽으로 밀쳤다. 벽에 등을 기대고 서서 지호의 품에 갇힌 예린은 심장이 벌렁거렸다.

"으읍!"

지호의 입술이 예린의 입술을 덮쳤다. 달콤하고 짜릿하면서도 부드러운 지호의 입술은 예린의 정신을 쏙 빼놓았다. 서로의 타액이 넘나들며 내는 소리가 귓가에 천둥소리처럼 들렸다. 지호의 단단한 가슴 근육이 예린의 봉긋한 젖가슴을 짓이겼다.

"하아……."

지호의 손길이 얇은 옷자락 밑을 파고들었다. 서서히 올라오는 지호의 손길을 온몸으로 느끼며 예린은 거친 숨을 몰아쉬었다. 그사이 지호의 입술은 예린의 하얀 목덜미에 빨간 자국을 남겼다.

서로의 몸이 점점 달아오르고 있다는 것을 느낀 지호는 두 팔로 예린을 번쩍 들어 올렸다. 예린의 양다리가 벌어지면서 지호의 허리를 감쌌다.

"아!"

짧은 비명과 함께 침대로 던져진 예린은 이글거리는 지호의 눈빛에서 야성미를 느낄 수 있었다. 더 이상 이성적인 지호는 이곳에 없었다. 오로지 예린의 몸을 정복하려는 감성만이 남아 있었다.

예린은 덜컥 겁이 났다. 하지만 이미 늦었다는 것을 알고 있었다. 성욕이 달아오를 대로 오른 지호의 눈빛을 바라보며 두 눈을 질끈 감았다.

분주하게 움직이는 지호의 손길에 옷가지가 힘없이 벗겨지는 것을 느낄 수 있었다. 지호가 마지막으로 브래지어를 벗겨 내자 예린은 저도 모르게 두 팔로 가슴을 감쌌다.

지호의 눈빛이 봉긋하게 올라온 하얀 젖가슴에 고정되

었다. 가슴을 가리고 있는 예린의 두 팔을 풀자 핑크빛 유두가 선명하게 보였다. 지호는 한 치의 망설임도 없이 예린의 가슴을 한입 베어 물었다.

"아하!"

아이가 젖을 빨듯 강하게 예린의 젖가슴을 빨던 지호가 자신의 혀로 유두를 돌리기 시작했다. 성이 날 만큼 단단해진 예린의 유두가 지호의 입안에서 농락당했다. 짜릿한 쾌감에 예린의 몸이 절로 꼬아졌다.

"사랑해. 사랑해, 예린아."

지호의 손이 예린의 깊숙한 곳을 파고들었다. 저도 모르게 두 다리를 오므린 예린은 짧은 비명을 질렀다. 하지만 허벅지는 지호의 두 다리에 의해 맥없이 벌어졌고 속옷 또한 벗겨져 바닥으로 던져졌다.

"오빠⋯⋯."

지호를 불러 봐도 소용없는 짓이었다. 이미 단단해진 자신의 물건을 꺼낸 지호는 흥분에 취해 있었다. 굳게 닫힌 성문을 두드리듯 입구를 찾아 서성이던 지호의 물건이 예린의 안으로 들어왔다. 단단하면서도 뜨거운 불기둥을 받아들인 예린의 몸이 활처럼 휘었다.

"아악!"

예린은 아픔에 몸서리를 쳤다. 빠져나가려고 몸을 움직

여 보았지만 잘록한 허리를 잡고 있는 지호의 양손이 놓아 주질 않았다. 방아를 찧듯 강하면서도 반복적인 부딪침은 예린에게 아픔과 쾌락을 동시에 안겨 주었다.

부풀어 오른 분신이 예린의 음부를 들락거릴 때마다 지호는 황홀경으로 빠져드는 기분이었다. 꽉 조여지는 예린의 음부는 부드러우면서도 자극적이었다. 아파하는 예린의 표정을 보았지만 멈출 수 없었다. 금방이라도 터질 것 같은 불기둥을 예린에게 밀어 넣으며 지호는 탄성을 질렀다. 방아질은 점점 극에 달했다.

"으윽······."

격하면서도 빠르게 부딪혀 오던 지호의 물건이 어느 순간 움직임을 멈췄다. 지호는 예린의 깊숙한 곳에 자신의 분신을 쏟아 냈다. 서서히 예린의 가슴 위에 얼굴을 묻은 지호는 숨을 몰아쉬고 있었다.

"널 두고 못 가겠어. 너의 모든 것을 느끼고 나니까 더 못 갈 것 같아."

예린을 꼭 안으며 지호가 중얼거렸다. 그러나 예린은 찢어지는 아픔에 아무 생각도 할 수 없었다. 땀에 흠뻑 젖은 지호의 품에서 예린은 그의 여자가 되었다.

새벽녘, 지호가 잠든 사이 먼저 호텔을 나온 예린은 캄캄한 밤하늘을 올려다보았다. 지호의 여자가 되었다는 사실을 인지하자 외로움이 밀려왔다. 그가 떠나고 없는 빈자리를 어떻게 견뎌야 할지 암담하고 혼란스러웠다. 떠나는 것이 옳은지 아니면 남는 것이 옳은지 예린은 선택의 기로에 서 있었다.

　다음 날 예린은 혜선의 부름으로 커피숍에 앉아 있었다. 다시 마주하고 싶지 않았지만 어쩔 수 없었다. 피한다고 해서 모든 것이 해결되는 것은 아니었기에 예린은 마음을 굳게 먹고 약속 장소로 나왔다.

　어차피 맞을 매라면 빨리 맞고 빨리 아물기를 원했지만 막상 혜선을 마주하니 두려움이 몰려왔다. 피할 수 있다면 피하는 것이 상책이라는 말을 이제야 이해할 수 있을 것 같았다. 굳이 자처해서 상처를 낼 필요는 없으니 말이다.

　"너와 내가 또 이렇게 마주하다니 이건 악몽이야. 서로에게. 내가 널 찾는 일이 없도록 했어야지."

　예린은 아무 말도 하지 않았다. 지호와 자신의 관계를 어디까지 알고 있는지 모르기에 섣불리 말을 꺼낼 수 없었다. 예린은 어젯밤 일을 머릿속에 떠올리며 혜선의 눈치를 살폈다.

　"지호가 준 비행기 티켓은 내가 오늘 취소했다. 헛된 희망은 버리는 것이 좋을 거야."

깔끔한 일 처리였다. 왜 받았냐, 어쩔 거냐, 묻고 따질 필요가 없었다. 그렇다면 이제 남은 것은 폭언에 가까운 욕설뿐인가?

"지호가 우리 두 사람 중 누굴 선택할 것 같니?"

뜻밖의 질문에 예린은 당황했다. 어떤 답을 해야 할지 망설여졌다.

"왜 대답을 못 해? 그렇게 자신이 없어?"

"생각해 본 적이 없어서……."

"자신 있게 대답도 못 할 사랑이라면 시작도 말았어야지. 안 그러니? 적어도 내 앞에서 당당하게 핏대 세우며 사랑이라고 우겨 대야 내가 움찔하지. 이건 싸움이 안 되잖아. 일방적인 싸움은 재미없거든. 내 말, 무슨 말인지 알아들어?"

여유로운 혜선의 표정에서 예린은 섬뜩함을 느꼈다. 앞에 앉은 사람은 싸워서 이길 상대가 아니었다. 범접할 수 없는 분위기를 풍기는 혜선과 자신이 비등하다는 생각을 한 것조차 착각이었다.

예린은 넋을 놓고 혜선을 바라보기만 했다. 입이 떨어지지 않았다.

"하나만 더 묻자. 이 사랑이 이루어지면 행복할 것 같니?"

왜 혜선의 질문에 하나도 대답을 못 하는지 예린 자신

조차 알 수 없었다. 설사 자신이 좀 없더라도, 거짓이라도 '네'라고 대답하면 그만일 텐데 예린은 그럴 수 없었다.

사랑이 이루어진다 해서 다 행복하다는 공식은 세상 그 어디에도 없었으니까. 예린은 어려운 문제에 봉착한 학생처럼 혜선의 앞에 앉아 있었다.

"다들 사랑이 전부라고 생각하지. 너나 지호처럼 말이야. 하지만 사랑은 아주 피곤한 감정놀음이야. 하나를 얻으면 바로 하나를 잃어버리는 잔인한 감정이기도 하고. 돌려 말해서 잘 못 알아들으려나? 다시 말해 줄까?"

토씨 하나 놓치지 않으려고 선생님 말씀에 귀를 기울이는 모범 학생 같은 자신의 모습이 바보 같았지만 예린은 혜선의 말을 무시할 수 없었다.

사랑이 왜 그런 감정인지 알고 싶었다. 혜선 외에는 누구도 자신에게 알려 주지 않을 것 같아 예린은 초라한 자신의 모습을 애써 외면하며 자리를 지켰다.

"지호가 널 선택했다 치자. 그 사랑만 있으면 다 행복할 것 같아? 넌 몰라도 지호는 반쪽짜리 행복이겠지. 어머니인 나를 버렸다는 꼬리표가 평생 따라다닐 테고 행복하지 않은 지호를 지켜보며 너도 서서히 지쳐 갈 거야. 사랑은 그런 거야. 당장은 행복하겠지만 영원한 행복을 선물로 주지는 않아."

그동안 예린이 고민했던 부분들이 모두 정리가 되었다. 사랑은 하지만 모두를 위해 이 사랑은 접는 것이 옳았다.

짧은 행복보다 긴 그리움이 어쩌면 모두를 위해 나은 방법일 수 있을 테니 말이다. 더구나 짧은 행복을 선택하기에는 지호가 감수해야 할 것이 너무 컸다.

바로 가족. 혼자가 된 자신이 너무나 바라고 원했던 그것. 사랑하는 지호에게 어머니는 가장 가까운 사람이자 마지막 남은 가족이었다. 차마 그런 선택을 하게 둘 수는 없었다.

"넌 착하니까 모두의 불행을 바라지는 않을 거야. 믿으마."

혜선은 그 말을 던져 놓고 자리에서 일어나 커피숍을 나갔다. 텅 빈 커피숍에 혼자 덩그러니 남은 예린의 마음은 공허했다. 불같은 사랑은 아니었지만 강한 비바람에 꺼져 버린 사랑은 다시 타오르지 못할 것 같았다. 이렇게 예린은 아픈 사랑을 스스로 끝내야 했다.

예린은 터덜터덜 걷던 걸음을 멈추고 수연의 월세집 앞에 쪼그리고 앉았다. 얼마의 시간이 흘러 일찍 아르바이트를 끝내고 돌아온 수연과 마주했을 때도 예린은 눈길조차 주지 않았다. 이미 영혼은 육체를 이탈한 표정이었다. 수연은 그런 예린 옆에 나란히 쪼그리고 앉았다.

"이제 그만 네 집으로 돌아가."

"어떻게 그래, 내가."

"가서 빚 갚아."

"빚?"

"어. 같이 전처럼 잘 지내면서 그동안 널 키워 주신 빚 갚으라고. 그러면 그분에게는 죄책감만 남을 테고 넌 돌아가신 부모님에게 미안한 마음 없이 복수를 하는 거지. 이렇게 네가 그 집을 나와 버리면 그 죄책감은 널 키워 준 은혜로 무마될 텐데 그래도 괜찮아?"

"그러고 싶지 않아."

"내 말은 복수하러 들어가라는 뜻이 아니야. 네 마음에 정당성을 부여해서 편하게 지내라는 거지. 너 스스로 정당한 사유가 없어서 못 들어가는 거잖아. 정당성은 너만 만족하면 될 일이야. 복잡하게 생각하지 마."

"넌 어쩜 내 속에 들어와 본 사람 같니. 신기하다."

"네가 너무 착해서 들어가지 않아도 다 보일 뿐이야."

두 사람은 한동안 말이 없었다. 예린은 어둠 속에 비겁한 자신을 숨기고 잠시 휴식기를 가졌다. 생각이 하나둘 정리가 되는 기분이었다.

"일말의 희망도 미련도 남김없이 보낸 거야?"

"뭘?"

"네가 하는 사랑."

"보냈지."

"보냈으면 시원해야지. 인생 다 끝난 사람처럼 앉아 있으면 어떻게 해. 네가 보냈으니까 씩씩하게 털어 버려야 앞뒤가 맞는 거잖아."

"왜? 이런 내 모습이 이상한 거야?"

"미련 없이 보냈다고 하면서 네가 꼭 차인 사람 같아."

수연의 말은 예린의 귀에 다 들어오지 않았다. 친구로서 위로의 말을 전해 주려고 한다는 것쯤은 짐작할 수 있었다. 다만, 고맙다는 말을 전할 정도로 예린은 마음이 여유롭지 못했다.

"먼저 보내 놓고 남은 시간을 견딜 수 있다 자만하지 마. 그 시간은 생각만큼 짧지 않아."

"그래."

"울지도 마. 넌 울 자격 없어. 그 사랑을 위해 한 일이 아무것도 없잖아. 애절하게 붙잡지도 않았고, 미련 없이 보내 주지도 않았어. 사랑 앞에서 무책임하게 밀지도, 당기지도, 심지어 매달리지도 않고서 떠나보낸 뒤에 눈물 바람은 웃기잖아."

"듣고 보니 그러네. 지금 내가 그러고 있는 거구나."

"그런데 너 말이야. 스물두 살이야. 사랑에 울고불고해도 전혀 이상할 것 없는 그런 나이라고."

"그래서 하고 싶은 말이 뭔데?"

기운 없는 목소리로 묻는 예린의 눈빛이 수연에게 향했다.

"서른두 살 먹은 여자처럼 행동하고 있잖아. 참을 수 있다고 이 악물고 버티는 네 모습이 서른두 살처럼 보인다고. 우는 것도 웃기지만 안 울고 이렇게 버티는 건 더 웃겨. 그러니까 울어. 스물두 살답게."

수연의 한마디에 참았던 눈물이 차올랐다. 바보처럼 정말 지호를 보낼 수 있다 생각했나 보다. 시간이 지나면 그리움도 잠잠해질 거라 믿었다. 하지만 지금의 외로움으로는 단 하루도 버틸 수 없었다. 사랑은 생각보다 더 큰 아픔을 가져다주었고 예린은 혼자 힘으로 버틸 자신이 없었다.

떠날 시간은 빨리 찾아오는 법이었다. 지호는 출국 게이트 앞에 서서 불안한 표정으로 서성였다. 손목시계를 들여다보며 시간을 확인하는 지호의 입안이 바짝바짝 말라 갔다.

하지만 그토록 기다리는 예린의 모습은 그 어디에도 보이지 않았다.

"그만 들어가자."

"잠시만요. 잠시만 더⋯⋯."

북적이는 사람들 틈에서 예린의 모습을 찾는 지호의 눈빛은 애처로웠다. 예린이 올 거라는 확신은 없었지만 이대로 이별이라는 사실을 믿기 힘들었다. 비록 같은 비행기를 타지 못해도 마지막 얼굴은 보여 주길 원했다.

"예린이 기다리니?"

뜻밖의 질문에 지호의 표정이 굳어졌다. 느낌이 좋지 않았다.

"올 아이였으면 벌써 왔겠지."

"예린이에게 또 무슨 짓을 하신 거예요."

"현실을 직시하라고 충고해 줬을 뿐이다."

"어머니!"

"내가 오지 말라고 해서 안 올 아이면 애초부터 사랑이 아니었던 거야. 지금 예린이가 너한테 관심이나 있겠니? 자기 일만 해도 견디기 벅찰 텐데. 아니면 신화그룹 후계자 자리에서 떨어져 나간 너에게 더 이상 매력을 못 느끼거나."

"그런 아이가 아니에요."

"사람 속은 모르는 거야. 더구나 여자 속은 더욱 알 수가 없지. 예린이가 정말 널 사랑한다면 나타나는 것이 맞아.

하지만 현실을 봐. 예린이는 그 어디에도 없어. 널 버렸고, 우리는 이곳을 떠나야 해. 이게 현실이야."

현실은 가혹했다. 예린이 자신을 버렸다는 생각은 하고 싶지 않았다. 하지만 배웅조차 오지 않는 예린의 태도에 서운함이 파도처럼 밀려왔다.

그토록 긴 시간 동안 지키려 했던 사랑의 깊이가 이 정도밖에 되지 않는다는 사실이 지호를 초라하게 만들었다. 그렇게 지호는 혜선을 따라 출국 게이트 안으로 들어갔다.

멀리서 지호의 마지막 모습을 지켜보던 예린은 눈물이 왈칵 쏟아졌다. 마지막으로 얼굴을 보러 왔지만 지호 앞에 나타날 수 없었다.

잘 다녀오라는 말을 하려고 했다. 언제가 되었든 기다리겠다고 말해 주려 했다. 하지만 미안한 마음에 몸을 숨기고 말았다.

같이 가지 못하는 것이 미안했고 잘 다녀오라 말하며 보내 줄 자신이 없었다. 저도 모르게 지호의 손을 잡고 따라갈까 봐 두려웠다.

머리는 지호를 위해 가면 안 된다고 말하고 있었지만 가슴은 지호의 손을 잡고 싶어 했다.

과연 이 결정은 옳은 것일까? 지호를 위한 선택이 맞는 걸까? 수없이 물음을 던져 보았지만 대답해 줄 이는 아무

도 없었다. 지호를 보내고 쓸쓸히 공항을 나온 예린의 가
슴에는 미련만 가득했다.

집으로 돌아가자 기다렸다는 듯 현관문을 열어 준 자영
은 예린을 보자마자 와락 안았다. 혹시나 지호를 따라 미
국에 가지 않을까 했던 불안감이 일순간 사라지자 자영은
한도의 한숨을 내쉬었다.

그렇게 예린은 자신의 상처를 가슴에 묻기로 했다. 자영
의 탓이라고 할 수는 없었으니까. 다만 전과 같은 관계로
회복될 수 없음을 두 사람 모두 직감하고 있었다.

#4

재회

　미국에 도착한 지도 어느덧 한 달이 지났다. 하지만 지호의 생활은 엉망진창이었다. 낮과 밤이 바뀌고 매일 술과 담배로 그리움을 달랬다. 이것은 어머니에 대한 반항이었고 예린에 대한 배신감이었다.

　"너 어쩌려고 이래! 정신 차려!"

　"그냥 저 좀 놔두세요!"

　혜선과 마주치면 아침 인사처럼 하는 소리였다. 관계는 좀처럼 회복될 기미가 보이지 않았다. 혜선은 지호가 지쳐 포기하길 바랐다. 세상에는 영원한 사랑도, 반항도 없다고 믿었으니까.

쾅 하고 방문이 닫히는 소리에 혜선은 소파에 털썩 주저
앉았다. 하루아침에 모든 것을 잃었다는 기분이 들었다.

"받아! 받으라고!"

침대에 걸터앉아 들고 있던 휴대폰을 집어 던진 지호는
분노를 삭이지 못하고 있었다. 무슨 이유에서인지 예린이
전화를 받지 않고 있었다. 지호는 벌써 한 달째 미친 사람
처럼 전화기만 붙잡고 있었다.

밤에도 잠을 잘 수 없었다. 예린에 대한 그리움도 있지
만 그녀와 같은 시간에 깨어 있고 싶었다. 그래야 예린과
다른 공간에 있다는 사실을 떨쳐 버릴 수 있었다. 오늘도
지호는 날이 밝아서야 침대에 쓰러졌다. 감은 두 눈으로
눈물이 흘렀다.

그렇게 1년이 흘렀다. 속절없이 흘러간 시간 속에 변한
것은 아무것도 없었다. 여전히 지호는 방탕한 생활을 했고
혜선은 지켜보기만 했다.

누구의 인내심이 먼저 바닥을 보일지 시험이라도 하는
것처럼 두 사람은 서로의 가슴에 상처를 냈다. 그러나 이
대로 마냥 시간을 보낼 수 없었던 혜선이 먼저 특단을 내
렸다. 일종의 거래였다.

"한국으로 돌아가고 싶지?"

쓰린 속을 부여잡고 냉수를 마시던 지호의 손이 공중에

서 멈췄다. 무슨 뜻인지 곰곰이 생각하던 지호는 어머니를 돌아보았다. 소파에 앉아 느긋하게 차를 마시는 모습이 지호를 긴장하게 만들었다.

"돌아갈 방법이 아주 없는 건 아니야."

"무슨 말씀이세요?"

"예린이 지켜 주고 싶잖아. 안 그래?"

예린의 이름을 듣자 지호의 심장이 미친 듯이 뛰었다. 너무나 그립고 너무나 보고 싶은 사람. 지호는 주방에서 성큼성큼 걸어 나와 혜선의 맞은편에 섰다. 당장이라도 돌아가고 싶은 마음이었다.

"부모 자식 간이지만 우리 사이에도 거래는 필요한 것 같구나."

"돌려 말씀하실 필요 없으세요."

"그래, 그럼. 다음 주부터 지사에 출근해. 열심히 일해서 인정받아. 언제가 될지 모르겠지만 한국으로 돌아가 후계자 자리를 다시 되찾는다면 예린이와의 결혼, 허락해 주마."

너무 획기적인 거래 조건에 지호는 정신이 다 아찔했다. 물론, 쉬운 일은 아니었다. 이곳에서 인정받으려면 적어도 5년 이상 일에 몰두해야 했다. 실적과 승진을 감안하면 5년도 빠른 시간이었다. 더구나 5년 동안 예린이 자신을 기다려 줄지 자신도 없었다. 지호의 머릿속은 혼란스러웠다.

"한 가지 조건이 더 있어."

혜선을 바라보는 지호의 눈빛이 날카로웠다.

"한국으로 돌아가기 전까지 예린이와 만나는 것은 물론이고 연락도 하지 않아야 해."

"그건……."

"왜? 자신 없니? 벌써 1년을 그렇게 보냈는데 무슨 걱정이야?"

물론 잊으려고 노력은 했다. 그래야 이곳에서 살 수 있을 테니까. 하지만 쉽게 잊을 수 있는 사랑이 아니었다. 떨어져 있다 해서 변할 사랑도 아니었다.

지호는 자신의 연락을 피하는 예린의 마음을 이해할 수 있을 것 같았다. 이곳 생활에 적응할 수 있도록 자신을 흔들어 놓지 않으려는 예린의 마음을 말이다. 이런 생각이 들자 갑자기 가슴에 그리움이 밀려왔다.

"마지막으로 한 번만 보고 올게요. 멀리서…… 그냥 저 혼자 보고만 올게요."

"그건 안 돼!"

"어머니, 제발……."

"나도 예린이가 널 얼마나 사랑하는지 알아야겠다. 네가 그토록 연락을 하는데도 피하는 걸 보면 이미 마음이 돌아섰는지 모르지. 엄마도 너희 사랑을 확인할 증거가 필요해.

우리가 한국으로 돌아갈 때까지 예린이가 혼자라면 더는 반대하지 않으마. 어때, 이 거래. 매력 있지 않니?"

악마의 속삭임과 같은 말이었다. 망설일 이유가 전혀 없었다. 방법이 이것뿐이라면 빨리 시작하는 편이 기다리는 예린을 위해 현명한 결정이었다.

"할게요."

"잘 생각했다."

지호가 쓰러지듯 자리에 앉았다. 이마에 얹어진 손가락 끝이 파르르 떨렸다.

❁   ❁   ❁

거래가 성사된 지 얼마 되지 않아 지호는 뜻하지 않게 예린의 얼굴을 볼 수 있었다. 어느 날 갑자기 한국에서 걸려 온 전화 한 통. 할머니의 부고였다.

서둘러 한국으로 들어간 지호는 장례식장에서 예린을 마주했다. 1년 만에 다시 보는 얼굴이었다. 화장기 없는 얼굴로 상복을 입고 있는 예린의 모습은 가슴을 아리게 만들었다.

"만나면…… 할 말이 많았는데. 막상 이렇게 마주하니까 무슨 말을 꺼내야 좋을지 모르겠다. 우리 안부 인사부터 해야 하는 사이인가?"

어둠이 깔린 병원 옥상 벤치에 캔 커피를 하나씩 들고 앉은 두 사람은 서로의 시선을 피했다. 어색함과 미안함이 뒤섞여 1년의 공백을 고스란히 느끼게 해 주었다. 예린은 지호의 말에 아무런 대답도 하지 않았다.

"넌…… 잘 지냈어?"

"오빠는?"

서로의 안부를 묻는 표정에 아련함이 가득했다.

"잘 지냈지."

"나도."

'잘 지냈다'의 기준이 무엇인지 전혀 모르는 사람들 같았다. 그리움에 술을 마시고, 잠을 못 자고, 보고 싶어 밤새 울었던 것을 '잘 지냈다'라고 표현한다면 틀린 말은 아니었다. 두 사람 모두 그런 생활을 1년 넘게 하고서 잘 지냈다는 표현을 쓰고 있었다.

"내일 발인 끝나면 바로 들어가는 거야?"

"어."

"삼우제라도 보고 가지 그래. 할머니가 오빠를 얼마나 보고 싶어 하셨는데."

"나도 그러고 싶지만 오래 머물러 봤자 말만 많아질 것 같아."

지호가 떠났다고 해서 회사가 바로 안정을 찾은 것은 아니었다. 아직도 혜선의 편이었던 사람들의 움직임이 있었으니 지호의 말처럼 서로 불편한 것은 사실이었다.

"예린아."

"응?"

"내가…… 만약 내가 말이야. 기다려 달라고 하면 기다려 줄래?"

지호의 물음에 예린의 심장이 철렁 내려앉았다. 1년이 지난 지금, 아직도 서로를 갈망하는 시점에서 지호의 질문은 예린을 송두리째 흔들어 놓았다. 한참 생각에 잠겨 있던 예린은 지호를 지그시 바라보았다. 오랜만에 보는 지호의 갈색 눈동자가 눈에 들어왔다.

"내가 기다리면 우리에게 미래가 있을까?"

"있어. 운명이 아니라고 해도 내가 만들 거야. 그래서 너에게 꼭 돌아올 거야."

"오빠가 내게 돌아올 수 있을까? 사모님을 두고 오빠가 날 선택할 수 있어? 운명을 거스르면서까지 이 사랑을 오빠 힘으로 지킬 수 있냐고. 그러기에는 장애물이 너무 많아. 우리에게는 그럴 힘도 없고. 벌써 1년이나 지났는데 상황은 변한 것이 아무것도 없잖아. 이런 거지 같은 사랑이 또 있을까."

아니라고 부인하고 싶지만 지호는 할 말이 없었다. 예린의 말은 모두 사실이었으니까. 변한 것은 없는데 몸마저 떨어져 있어야 하는 이 상황이 최악이라는 생각밖에 들지 않았다.

그래도 희망은 만들어서라도 믿어야 했다. 그래야 남은 미국 생활을 버틸 수 있을 테니까.

"도련님, 여기 계십니까?"

낯익은 목소리에 지호와 예린은 옥상 입구 쪽을 바라보았다. 아버지를 모셨던 이 실장이었다. 어둠 속에서 주위를 두리번거리는 이 실장의 모습에 지호가 자리에서 일어나 손을 흔들었다. 이 실장이 지호를 알아보고 달려왔다.

"특실로 가 보셔야겠습니다."

"특실은 왜요?"

"그게…… 큰 사모님께서 작은 사모님하고 언성을 좀 높이시다가 쓰러지셨습니다."

혜선이 쓰러졌다는 말에 놀란 지호가 예린을 바라보았다.

"어서 가 봐."

"그래. 다음에 얘기하자."

예린은 서둘러 옥상을 내려가는 지호의 뒷모습을 보며 마음이 착잡했다.

다음에 얘기하자는 지호의 말은 지켜지지 않았다. 예린은 쓰러진 혜선을 간병하고 발인이 끝나자마자 비행기에 몸을 실은 지호와 또 한 번 이별을 해야 했다. 잠시라고 생각했던 이별이 그토록 길어질 줄은 꿈에도 몰랐다.

긴 기다림이 시작되었다.

❀   ❀   ❀

시간은 어느덧 8년이 지났다. 그리고 그동안 가족들에게는 많은 변화가 있었다 시호는 신화그룹 본부장 자리까지 올랐고 시호의 아버지는 회장님이 되었다. 수연도 신화그룹에 입사해 시호의 비서 일을 하고 있었다. 수연이 같은 집에 살게 되자 예린은 자매가 생긴 것 같아 좋았다.

대학을 졸업하고 신화그룹 홍보부에 입사한 예린은 어느덧 6년 차 직장인이었다. 남들보다 열심히 노력한 덕에 2년 전 대리 직급도 달게 되었다. 평범한 직장인과 다를 것 없는 무료한 날들을 하루하루 보내고 있었다.

오늘도 어김없이 회사로 배달된 장미꽃을 바라보며 예린은 먹먹해지는 그리움을 애써 참았다. 매년 이맘때 보내 주는 꽃바구니 속에 든 카드에는 늘 같은 말이 적혀 있었다.

사랑해.

오늘은 지호와 자신이 처음 만난 날이었다. 생일이 아닌 처음 만난 날을 기억하고 챙기는 지호의 마음을 예린은 모르지 않았다. 비록 가까이 할 수는 없어도 1년 중 단 하루, 지호의 마음을 느낄 수 있는 그런 날이었다.

물끄러미 메모지를 바라보던 예린은 수연이 다가온 것도 모르고 있었다.

"또 그 사람이구나?"

"어! 무슨 일로 홍보부까지 왔어?"

"너 보러 왔지."

"여기까지 날 보러 오고 별일이네."

수연은 회사에서 단 한시도 시호 곁을 비우지 않았다. 본부장의 비서이니 그럴 만도 하겠지만 그 누구보다 비서직에 충실했다. 그래서 이렇게 불쑥 나타난 수연이 이상했다.

"할 말 있어. 조용한 곳으로 가자."

"그래."

수연을 따라 회사 옥외 정원으로 나간 예린은 그늘 밑 벤치에 앉았다. 수연이 뽑아 준 시원한 캔 커피를 마시며 잠시 머리를 식혔다.

"할 말이 뭐야?"

"본부장님 곧 결혼해."

"뭐?"

충격적이었지만 언젠가 닥칠 일임을 알고 있었다. 다만, 예린이 이해할 수 없는 것은 수연의 태도였다. 수연의 표정에서는 어떠한 감정도 읽을 수 없었다. 그저 무표정. 이럴 때면 수연이 낯설고 무섭게 다가왔다.

대학 때부터 친구로 지낸 지 10년이었다. 하지만 좁혀지지 않는 이 거리감은 무엇일까. 항상 자신의 속마음을 꼭꼭 감추고 열어 보이지 않는 수연을 보면서 친구라는 단어가 무색해짐을 또 한 번 느꼈다.

"너한테 좋은 일도 있어. 들어 볼래?"

"좋은…… 일?"

"아……. 마냥 좋은 일이라고는 할 수 없겠다."

"도대체 무슨 말이 하고 싶은 거야?"

간혹 수연은 말로서 상대를 불안과 두려움에 떨게 하였다. 상대의 불안을 즐기는 듯한 표정이 오해를 살 때도 잦았다. 어느 쪽이 진실인지는 예린도 알 수 없었다.

"일주일 뒤에 그 사람 한국에 들어와."

"밑도 끝도 없이 그 사람이라니. 누구……."

말을 하는 와중에 뇌리를 스치고 지나가는 사람이 있었다. 예린에게는 시호의 결혼보다 더한 충격이 아닐 수 없었다.

"관광 차원에서 한국에 들어오는 건 아닌 것 같아. 짐작하건대 곧 폭풍이 몰아치겠지."

"무슨 뜻이야?"

"신화그룹의 후계 구도가 흔들릴지도 모른다고. 8년 전 그때처럼."

수연의 말에 예린은 공포에 가까운 오싹함을 느꼈다. 다시는 그 지옥 같던 때로 돌아가고 싶지 않았다.

"하긴 본부장님을 모시는 내가 다급하지, 넌 아니겠다. 그렇게 보고 싶어 하던 사람이니까. 바람 좀 쐬고 들어와. 나 먼저 들어갈게."

예린의 심정을 읽기라도 했는지 수연은 자리를 비켜 주었다. 벤치에 혼자 남은 예린은 터질 것 같은 심장을 한 손으로 부여잡으며 아랫입술을 지그시 물었다.

그동안 잊으려고 부단히 애썼지만 그러지 못하고 가슴에 차곡차곡 담아 둔 지호의 그림자가 폭발하는 느낌이었다. 그리움이 파도처럼 밀려왔다. 그 증거가 눈물인가 보다.

의지와 달리 두 눈에 고인 눈물이 볼을 타고 흘러내렸

다. 과연 그를 마주할 수 있을까…… 하는 두려움이 그리움을 삼키고 있었다.

예린의 아침은 6시부터 시작되었다. 정확히 6시 30분이면 모두 식탁에 앉아 아침 식사를 했다. 하지만 그저 같이 앉아서 밥을 먹을 뿐, 정겹거나 다정하다는 표현은 어울리지 않았다. 내내 침묵으로 일관하는 식사 자리는 무겁기 그지없었다.

오늘도 어제와 다를 것 없이 아침 식사를 마친 권 회장과 시호가 먼저 일어나자 식탁에는 자영 혼자 덩그러니 남았다.

"그만 드시게요?"

주방 한쪽에서 수연과 식사를 마친 예린이 자영에게 다가왔다. 요즘 식사량이 줄은 자영을 걱정스런 눈빛으로 바라보았다.

"아직 출근하려면 시간 좀 있지?"

"네."

"그럼 내 방에서 차 한잔하자."

자영이 먼저 주방을 나가자 예린은 서둘러 차를 탔다. 자영이 좋아하는 허브를 차갑게 우려낸 뒤 들고 안방으로 향했다.

안방은 색채감이 짙은 동양적인 가구가 이색적이었다. 고풍스러움을 담은 가구가 화려해 보일 수도 있지만 단색 벽지에서 나오는 지루함을 덮어 주어 전체적으로 조화를 이루었다.

창가에 놓인 작은 테이블에 찻잔을 내려놓은 예린은 자영 앞에 마주 앉았다.

"우리가 이 집에 들어와 산 지 벌써 8년이나 되었구나. 세월 참 빠르지?"

"네."

"난 이 집이 싫어. 너도 그럴 테고. 겉으로는 다 가진 것 같지만 난 많은 것을 잃어버렸지. 일에 미쳐 가는 남편과 남편만큼 차가운 아들, 그리고 딸 하나를 잃으며 이 집을 얻었어. 되돌릴 수만 있다면 돌아가고 싶구나. 네가 날 '어머니'라고 불러 주던 그때로."

8년 전 예린은 자영에게 돌아왔다. 하지만 철저하게 자영을 사모님으로 대했다. 그동안 자신을 키워 준 어머니가 아닌, 모셔야 할 사모님으로 대하면서 두 사람의 사이는 전과 같지 않았다.

이미 호칭에서 멀어진 두 사람의 관계는 쉽게 회복될 수 없었고 예린의 마음은 굳게 닫혀 버렸다. 자영의 말에 예린은 어떠한 대꾸도 하지 않았다.

"너에게 염치없는 말을 해야 할 것 같아서."

"말씀하세요."

"날 좀 도와주겠니?"

예린은 자영의 질문에 당황했다. 하지만 곧 다부진 표정으로 돌아왔다.

"시호가 결혼할 여자 말이야."

"네."

"훗날 이 집의 안주인 노릇을 할 수 있도록 네가 가르쳐 줬으면 해. 앞으로 사교계 모임부터 시작해 대외적으로 활동할 일이 많을 텐데 옆에서 꼼꼼하게 챙겨 줄 사람이 필요해. 아무에게나 맡길 수도 없는 노릇이라 부탁할 사람이 너밖에 없구나."

이 한마디로 자영이 무엇을 걱정하고 있는지 예린은 알 수 있었다. 당신의 하나뿐인 아들. 자영의 걱정은 세상 모든 어머니의 마음과 다르지 않았다. 예린은 시호를 생각하는 자영의 마음이 어느 정도인지 엿볼 수 있었다.

"네, 알겠습니다."

"시호가 결혼하면 네 혼처도 알아볼 참이야."

짧게 답한 후 방을 나가려던 예린은 순간 멈칫했다. 이런 보살핌까지는 바라지 않았다. 물론, 원치 않는 일이기도 했다.

"저까지 신경 쓰실 필요 없으세요."

"너도 올해 서른이야. 혼기를 놓치면 안 되지."

자영은 예린의 모습을 세세히 살폈다. 사실 자영은 예린이 누굴 사랑하는지 알고 있었다. 그래서 불안했다. 예린의 마음을 가진 남자가 돌아온다는 것은 자영에게도 좋은 소식이 아니었으니까.

자영은 바르게 크는 예린을 보며 시호의 짝으로 생각한 적이 있었다. 하지만 정말 오누이처럼 크는 두 사람을 지켜보며 마음을 접을 수밖에 없었다.

그러다 어느 날 예린의 눈동자 속에서 지호를 발견했다. 아들의 적이 되어 버린 지호에게 예린을 내줄 수는 없었다. 더구나 그 사랑이 쉽지 않다는 걸 알기에 막고 싶었다. 적어도 더 이상의 아픔을 예린에게 주고 싶지 않았으니까.

"이만 출근 준비할게요."

"그래."

자리에서 일어나 걸어가는 예린의 뒷모습에 자영은 마음이 아팠다. 딸처럼 곱게 키운 아이가 아픈 사랑을 선택하려 하는 것이 싫었다. 더욱이 시호와 반대편에 서는 것은 용납할 수 없었다. 부디, 마음 다치지 않고 올바른 길을 선택했으면 하는 노파심에 자영의 입이 열렸다.

"할머니 돌아가시고 내가 너에게 했던 말 기억해?"

"네."

"호적에 널 올려도 될 것 같다고 말했지. 이제 정말 내 친딸이 되는 거라고 말이야."

삼우제를 지내고 돌아온 자영은 남편에게 허락을 구했다. 그동안 시어머니의 반대가 극심해 하지 못했던 일이었다. 바로 예린을 호적에 올려 한가족으로 받아들이려고 했으나 예린의 입에서 뜻밖의 말을 듣고 말았다.

"그때 네가 뭐라고 답했는지도 기억나니?"

"지호 오빠와 가족이 되는 건 싫다고 말씀드렸어요."

"그래, 그렇게 답했지."

자영은 씁쓸한 미소를 지었다. 가족이 되는 걸 거부한 예린의 마음을 알기에 더 이상 강요하지 않았다. 그래서 지금 이토록 불안한 건지도 모르는 일이었다. 예린을 또 한 번 잃게 될까 봐 두려웠다.

"지호가 돌아온다는구나. 너도 들었겠지?"

자영의 물음에 방문 앞에 선 예린은 어떠한 대답도 하지 않았다.

"떨어져 지낸 시간이 8년이야. 남자의 마음이 변하고도 남을 시간이지. 영원할 거라는 생각은 마라."

"네."

이들의 대화는 서로의 가슴에 아픈 상처만 남겼다.

내일이면 지호가 돌아온다는 생각에 예린은 잠을 잘 수 없었다. 더구나 출근 전 자영과 나눈 대화도 마음에 오롯이 상처로 남아 있었다. 혼자 정원을 거닐며 복잡한 마음을 정리하려고 애쓰던 그때 퇴근하고 돌아온 시호가 다가왔다.

"오빠가 걱정돼서 서성이고 있었던 것 같지는 않고. 우리 예린이에게 갑자기 말 못 할 고민이라도 생긴 건가? 왜 죽을상이지? 주저 말고 오빠한테 다 털어놔."

"이제 퇴근하는 거야?"

"어쭈, 이제 말도 잘 돌리네."

"오빠 눈에는 내가 아직도 어린애 같지? 매번 뭘 그렇게 털어놓으라고 그래."

"그럼 네가 애지, 어른이야?"

시호는 당연한 걸 묻는다는 표정으로 예린을 바라보았다.

"피곤할 텐데 빨리 들어가."

"너는?"

"난 바람 좀 쐬고 들어갈게."

"고민이 있기는 하구나."

시호는 멀리 서울 야경을 내려다보았다. 예린도 시호의

시선을 따라 고개를 돌렸다. 모처럼 낮보다 밤이 더 화려한 서울 야경에 빠져들었다.

"회사 일, 힘들지 않아? 원했던 것도 아니잖아."

"그랬지. 전에는."

과거형인 시호의 말에 예린은 많은 생각이 들었다. 지금은 아니라는 의미로 해석한다면 하고 있는 일에 열정을 가지고 있다는 뜻도 되었다. 정말 전과 다르게 열심히 일하는 시호의 모습은 자신감이 넘쳐 보였다.

"오빠도 들었지?"

"뭘?"

"지호 오빠 말이야."

"들었지."

"걱정 안 돼?"

"돼. 아주 많이. 그놈이 미국 지사에서 꽤 잘나가거든."

수연이 해 준 말이 거짓은 아닌 것 같았다. 후계자 구도가 바뀔 수 있다는 말은 예린에게 좋을 것이 하나도 없었다.

사랑하는 남자와 지금까지 자신을 돌봐 준 오빠 사이에서 어느 편도 들 수 없는 입장이었다. 예린의 한숨이 깊어졌다.

"지호와 사이가 좋지 않을까 봐 걱정하는 거지?"

시호의 물음에 예린은 대답할 수 없었다.

"전과 같지는 않을 거야. 하지만 최대한 노력해 볼게. 우리 때문에 착한 널 울릴 수는 없잖아."

시호가 예린의 긴 머리를 쓰다듬어 주었다. 걱정은 그만하라고 다독여 주는 시호의 자상한 마음을 예린도 알고 있었다.

"독립할 걸 그랬나 봐."

"또 그 소리. 내가 다시는 하지 말라고 했지."

직장인이 되면서 누누이 독립을 외쳤던 예린이었다. 하지만 그때마다 시호의 벽에 부딪쳐 무산되고 말았다. 시호가 겁도 없이 혼자 살 생각을 한다고 고래고래 소리를 지르는 바람에 말을 꺼내기도 어려웠다. 사실 독립은 반쯤 포기한 상태였다.

"예린아."

"응."

"나와 지호 사이에서 힘들면 그냥 지호 편 들어."

"지금까지 날 챙겨 준 오빠를 두고 내가 어떻게 그래."

"우리 사이에서 괴로워하는 널 보는 것보다 그 편이 더 나아. 넌 나에게 하나뿐인 동생이니까."

사랑하는 남자가 8년 만에 돌아오지만 자신을 그 누구보다 아끼고 생각해 주는 시호의 마음에 예린은 차마 돌아설 수 없었다.

"에이, 그냥 시집이나 가야겠다. 좋은 남자 좀 소개시켜 주고 그래 봐. 다른 집 오빠들은 잘만 해 주던데 오빠는 그 쪽으로 영 꽝이야."

예린은 무거운 마음을 떨쳐 보려고 말을 돌렸다. 시호의 걱정스런 눈빛이 싫어서.

"귀한 동생을 아무 놈에게나 줄 수는 없지. 집안, 성품, 인물 다 볼 거야."

"시집가지 말란 소리지?"

"네가 어떤 놈을 데려오든 오빠 눈에는 차지도 않아. 평생 오빠 옆에 있으면 더 좋고."

"독립도 안 된다, 시집도 못 간다. 그럼 난 뭐야."

"뭐긴. 권시호 여동생 송예린이지."

"오빠는 잘생기고, 키도 크고, 프로페셔널이지만 이럴 때는 고집 세고 이기적이야. 말이 안 통해."

"칭찬이야, 욕이야?"

"둘 다."

서로의 얼굴을 마주하고 방긋 웃는 모습이 정말 다정한 남매를 보는 듯했다. 서로를 걱정하는 마음을 알기에 앞으로 찾아올 아픔은 감내하기로 했다. 서울의 야경은 아직도 환하게 불을 밝히고 있었다.

끝이 보이지 않을 것 같은 기다림이 막을 내렸다. 지호가 공항에 도착했다는 메시지를 수연에게 받은 예린은 손이 바들바들 떨렸다. 어떤 표정과 어떤 마음으로 그를 맞이해야 좋을지 몰라 방을 서성였다.

거울 앞에 서서 반쯤 넋이 나간 자신의 표정을 바라보던 예린의 눈가가 내려앉았다. 그리움에 지쳐서인지 아니면 삶에 지쳐서인지 20대의 풋풋했던 모습은 어느새 사라지고 없었다. 갑자기 자신의 모습이 너무 초라하게 느껴지자 자조적인 웃음이 흘러나왔다.

8년이 지났다는 것은 그만큼 나이를 먹었다는 것과 같은 뜻이었다. 이제 더는 지호에게 예쁜 동생의 모습을 보여줄 수 없다는 사실이 예린을 슬프게 만들었다.

한 시간 뒤 시호를 제외한 모든 가족이 한자리에 모였다. 그러나 시끌벅적한 귀국 파티 같은 것은 없었다. 8년 만에 마주하는 자리였지만 형식적인 안부 인사만 오갔다.

오랜만에 마주하는 가족들치고 반가운 기색은 도무지 찾아볼 수 없었다. 다만 서로를 바라보는 예린과 지호의 눈빛만 애절했다.

"죄송합니다. 조금 늦었어요."

때마침 시호가 거실로 들어서자 가족들의 시선이 그곳

으로 향했다. 요즘 시호는 결혼 문제로 심란한지 마음을 못 잡고 있었다. 물론, 갑작스런 지호의 귀국도 마음을 복잡하게 만든 것 같았다. 지호 옆에 나란히 앉은 시호를 바라보며 예린은 이렇게 생각했다.

"회사에 급한 일이라도 있었나 보구나."

"네."

역시 시호를 구원해 주는 이는 자영밖에 없었다. 공항에도 나가지 않았다는 소식을 전해 들은 남편의 기분이 언짢은 걸 알고 자영이 먼저 선수를 친 것이다. 오랜만에 만나는 혜선 앞에서 남편과 아들이 언성을 높이는 모습을 보여주고 싶지는 않았던 것이다.

"급한 일이라……. 시호가 회사 일에 이토록 열심히 하는 줄은 몰랐는데?"

혜선이 누구를 겨냥해 던진 말인지 시호는 잘 알고 있었다. 입 다물고 있을 시호가 아니었다.

"본부장 자리가 놀고먹는 자리는 아니잖아요."

"당연하지. 그 자리가 어떻게 얻은 자리인데. 이 악물고 지켜야지."

순간 거실에 정적이 흘렀다. 숨 쉬는 것조차 허용하지 않는 것처럼 냉랭한 분위기가 고조되었다.

"윤 비서도 들어오라고 해. 인사는 올려야지."

화제를 돌려 보려 자영이 시호에게 말을 던졌다.

"인사는 공항에서 받았으니까 됐고. 예린이 오랜만이구나. 더 예뻐졌네."

지금까지 부동자세로 앉아 있던 예린은 혜선의 한마디에 긴장하지 않을 수 없었다. 먼저 인사를 건네는 혜선의 행동에 예린은 좌불안석이었다.

"감사합니다."

"네가 아직도 이 집에 있는 건 좀 의외이긴 해. 난 독립할 줄 알았거든. 두 사람 사이는 알다가도 모르겠어."

"어머니."

불편해하는 예린이 안쓰러웠는지 지호가 혜선을 말렸다. 하지만 아무 소용 없는 짓이었다.

"내가 틀린 말 했니? 내 자식도 성인이 되면 같이 살기 힘든 법이야. 불편하지 않나 해서 하는 소리지."

아무렇지 않은 듯 찻잔을 든 혜선은 예린을 힐끔 쳐다보았다.

'알아들었으면 이쯤에서 빠져. 네가 있을 자리도, 네가 넘볼 사람도 아니야. 넌, 그저 이 집에서 일하는 다른 사람과 다를 것이 없어.'

다하지 못한 말이 혜선의 입안에서 삼켜졌다.

"전 나가서 식사 준비할게요."

혜선의 눈빛을 읽었을까? 예린은 조용히 일어나 거실을 나갔다. 예린의 뒷모습을 바라보던 지호는 가슴이 무너져 내리는 것 같았다. 차마 잡지 못하는 자신의 두 손이 부끄러워 주먹을 꼭 쥐었다.

"우선 씻고 짐부터 풀어야 할 것 같은데. 내가 어느 방을 쓸까?"

묻는 말이었지만 혜선은 자영의 허락을 구하는 것이 아니었다. 이 집에서 지내는 것이 당연하다는 표정으로 자영을 바라볼 뿐이었다. 이제 모든 시선은 자영에게로 향했다.

"불편하실 것 같아서 가까운 곳에 아파트 준비했어요. 윤 비서가 알고 있으니까……."

"동서!"

자영의 말이 다 끝나기도 전에 혜선이 말을 잘랐다.

"지금 무슨 말을 하는 거야? 8년 전에는 내 집이었어. 불편하기는 뭐가 불편해. 더구나 이렇게 방이 남아도는데 아파트는 무슨. 그럴 필요 없어. 내 방하고 지호 방 하나만 준비해 주면 돼."

곤란한 표정으로 자영이 대답을 머뭇거리자 혜선은 권 회장에게 시선을 돌렸다. 자영은 몰라도 권 회장은 자신의 편이라 믿고 있었다.

"여기 있어도 되죠, 서방님?"

"그렇게…… 하세요."

권 회장의 결정에 자영은 두 눈을 질끈 감았다. 한 번도 내 편이었던 적이 없던 사람. 자영은 씁쓸한 마음을 감추며 사람을 불렀다.

이렇게 혜선은 지호와 함께 자신이 살던 곳으로 돌아왔다. 반기는 이 하나 없는 이곳으로.

불편한 저녁 식사가 끝나고 약속이라도 한 듯 각자 제 방으로 향했다. 그러다 문득 그림자 하나가 방향을 틀었다. 발소리를 죽이며 천천히 따라오는 기척에 앞서가던 예린의 걸음이 멈췄다. 뒤를 따르던 발소리도 같이 멈췄다.

"오빠 방은 이쪽이 아니야."

"알아."

등 뒤에서 들리는 따뜻한 목소리에 예린의 심장이 두근 거렸다. 8년 동안 단 한순간도 잊은 적 없었던 목소리가 꿈처럼 귓가에 울려 퍼졌다. 벌써부터 가슴이 미어졌다.

"그만…… 가."

지호는 어떠한 대답도 없었다. 돌아서 가는 기척 소리도 없었다. 그저, 땅속에 발이 박힌 사람처럼 그 자리를 지키고 있을 뿐이었다.

"큰 사모님 아시면……."

"뒷모습이라도 보게 해 줘."

지호의 간절한 마음이 전해지는 느낌이었다. 돌아서지 않으려고 꽉 잡은 치마에 주름이 잡혔다. 예린은 아랫입술을 질근 물었다.

"널 보게 되면 무슨 말을 할까 비행기 안에서 내내 생각했어. 기다림이 너무 길어서 화나지 않았을까. 연락도 없어서 여린 네 마음 다치지 않았을까. 고심하고, 걱정하고, 불안해하다가 한편으로 널 만날 수 있구나, 라는 생각에 설레고 행복하고. 미친놈처럼 비행기 안에서 시시각각 변하는 내 마음을 주체할 수가 없었지. 그런데 이렇게 널 보니까 아무 생각도 안 나. 그냥…… 얼굴이라도 보고 싶어, 예린아."

다시 만난 연인에게 무슨 말이 필요할까. 보고 싶다 말하지 않아도 얼마나 그리워했는지 목소리에 다 묻어 나왔다. 예린은 차오르는 눈물을 애써 참아 보았지만 떨리는 아랫입술은 어쩔 수 없었다. 어느새 코끝이 찡해지는 것을 느꼈다.

"널 안을 수 있다면 어떤 느낌일까 8년 동안 수없이 생각했어. 이런 내 생각이 욕심일까?"

"그만해!"

예린은 양손으로 두 귀를 막으며 목소리를 높였다. 더는 지호의 말을 듣고 싶지 않았다. 지호의 품으로 당장이라도 뛰어갈 것 같은 자신을 억누르며 예린은 고개를 양쪽으로 세차게 저었다. 다시 시작하기에는 헤어졌던 그때보다 넘어야 할 장애물이 더 많아졌다.

"예린아……."

다정한 지호의 부름에 예린은 돌아섰다. 하지만 표정에는 원망이 가득했다.

"같이할 수 없다는 거 오빠도 알잖아. 서로 지켜야 할 사람이 있다는 거 알면서. 왜! 왜 내 맘 이렇게 흔들어 놓는 거야! 왜 이런 모습으로 돌아왔어. 가족이잖아. 사랑했잖아. 그런데 왜 적이 되어서 돌아왔냐고."

"알지만…… 나도 알지만 널…… 포기할 수 없었어."

포기할 수 없다는 지호의 말은 예린의 원망을 한순간에 날려 버렸다.

그동안 연락이 없어 원망한 것이 아니었다. 기다리는 시간이 길어서 미워했던 것이 아니었다. 이렇게 돌아온 지호가 누구를 아프게 할지 알기에 그것이 예린의 가슴을 저리게 만들었다. 8년 동안 이 순간을 기다려 왔지만 현실은 참혹했다.

"지금이라도 늦지 않았어. 돌아가, 오빠. 내가 갈게. 조금만 기다려 주면 내가 오빠 있는 곳으로 갈게."

예린은 시호가 결혼하고, 승계가 아무 문제 없이 이루어진다면 그때, 지호가 있는 곳으로 떠날 생각이었다. 지호의 갑작스러운 등장은 예린의 마음을 혼란스럽게 만들 뿐이었다.

"늦었어, 예린아. 난 더 이상 널 기다릴 수 없어."

"오빠……."

지호는 기다려 달라는 예린이 미웠다. 자신에게 8년은 삶의 의미도, 어떠한 희망도 없는 시간이었다. 그런 시간을 이 악물고 버텨 여기까지 왔는데, 고작 예린이 하는 말은 더 기다리라는 것이었다. 지호는 한 줌 빛이 자신의 앞에서 사라지는 기분이었다.

"네가 없는 일상…… 더 이상 보내고 싶지 않아. 내가 지금 살아 있는 이유가 너라면, 이제 그만 나한테 올래?"

오, 하느님. 덜 아프게 해 주세요. 이 사람도, 저도 더는 울지 않게 해 주세요. 제발 가까운 사람이 다치지 않도록 해 주세요. 그리고…… 이 사람한테 절 보내 주세요. 이 사람의 심장이 되고 싶어요.

시원한 밤바람이 두 사람 사이를 쓸며 지나갔다.

다음 날 아침, 예린은 아침 식사도 마다하고 출근 준비를 서둘렀다. 서로 얼굴을 마주 보며 식사를 하기에는 떨어져 있던 시간이 너무 길었다. 사랑하는 여자도, 여동생도 아닌 관계가 되어 버린 지금, 예린은 집이 불편했다.

수연에게 먼저 출근한다는 말을 남기고 주차장으로 걸어간 예린은 자신의 차 앞에 서 있는 지호와 마주쳤다. 마치 지호가 자신을 기다리고 있었다는 느낌이 들었다.

"모닝커피나 할까?"

"그럴 시간 없어."

"아직 7시도 안 됐어."

"일이 많아서 빨리 출근해야 해."

"거짓말하지 마. 얼굴에 다 드러나니까. 차 키 줘. 운전은 내가 할게."

망부석처럼 서 있는 예린의 손에서 차 키를 빼앗은 지호가 운전석에 앉았다. 마지못해 예린도 조수석에 올랐다.

이른 시간이라 문을 연 커피숍이 없었다. 회사 근처까지 가서야 겨우 문을 연 커피숍을 찾은 지호는 길모퉁이에 차를 세웠다.

"앉아 있어. 커피 사 올게."

"어."

회사 근처라서 커피숍에 앉아 편하게 말을 나눌 수 없다는 것쯤은 알고 있었다. 가만히 앉아 지호를 기다리던 예린은 멍한 표정으로 창밖을 내다보았다.

분명 어제와 다른 오늘이었다. 그토록 그리워하던 이를 만났지만 기쁨보다 어색함이 더 컸다. 여전히 사랑은 제자리걸음이었고 상황은 8년 전 그때와 다를 것이 없었다.

"여기."

"고마워."

운전석에 다시 오른 지호에게서 커피를 받아 든 예린은 가만히 그것을 만지작거렸다. 시선을 어디에 두어야 할지 몰랐다.

"작은어머니하고는 잘 지내는 거야?"

"겉으로는."

"전과 같지 않다는 뜻이구나."

"그렇지, 뭐."

"8년이나 지나서 난 네가 독립했을 줄 알았어. 물론 나에게는 다행스런 일이지만."

"독립, 하려고 했지. 그때마다 시호 오빠 반대가 너무 커서 포기했어. 나 때문에 집안이 시끄러워지는 것 같기도 했고."

사실 예린은 자신이 없었다. 독립을 하게 된다면 영원히 지호와 만날 수 없을 것 같았다. 집에 남았던 가장 큰 이유는 언젠가 지호를 볼 수 있지 않을까 하는 희망 때문이었다. 바로 어제 같은 날을 기다렸는지도 모르는 일이었다.

"내 전화는…… 왜 피했니?"

정작 지호가 가장 묻고 싶은 말은 이것이었다. 그동안 공항에 나오지도 않은 예린을 원망한 것은 사실이었다. 같이 가지는 못해도 배웅 정도는 해 줄 줄 알았지만 예린은 그마저도 하지 않았다.

하지만 시간이 지나면서 원망이 점점 사라지자 예린의 입장에서 생각하게 되었다. 어머니의 극심한 반대를 알면서 예린이 그 자리에 배웅하러 나오길 바란 것은 지호의 욕심이었다.

떠나는 사람이나 보내 주는 사람이나 마음 아프기는 마찬가지였을 테니 어쩌면 그렇게 헤어진 것이 서로를 위해 나은 일인지도 몰랐다. 그러나 전화까지 피했던 것은 이해할 수 없었다.

"받아서 뭐해. 변하는 건 하나도 없는데. 서로 마음만 아프지."

예린도 자신이 없었다. 지호의 목소리를 들으면 당장이라도 달려갈 것 같아 꾹꾹 참았던 시간이었다. 지호가 미국 생활에 적응하려면 무엇보다 자신의 마음이 흔들려서는 안 된다고 믿었다. 서로 각자의 생활에 빨리 적응하는 것만이 그리움을 이길 수 있는 길이라고 생각했다.

"그래, 변하는 건 아무것도 없지. 하지만 내가 정상적인 삶을 살 수 있도록 하는 데 도움이 되기는 했을 거야."

뜻밖의 말에 예린은 심장이 쿵 하고 내려앉았다. 무엇인가 크게 미안한 짓을 한 것 같은 기분이 들었다.

"1년은 술에 취해 미쳐서 살았고 남은 7년은 일에 미쳐서 살았어. 미친놈으로 살다가 문득 정신을 차려 보니까 8년이 지났더라고. 지옥 같은 시간을 보냈더니 지금은 무서울 것이 하나도 없어."

"오빠……."

"물론 넌 지금 날 이해하지 못할 거야. 시호의 자리를 빼앗으러 왔으니까. 왜 이렇게까지 해야 하냐고 묻는다면 난 대답해 줄 수 없어. 그러니까 이해하지 마. 그냥 넌 가만히 있어. 내가 너에게 갈게. 나에게서 돌아서지 마."

다시 듣는 지호의 고백에 예린의 마음이 흔들렸다. 지호가 사랑은 변하지 않았다고 일깨워 주었지만 마냥 그 사랑을 받아 주기에는 아파할 사람이 너무도 많아 그럴 수 없었다.

"난 말이야. 오빠와 반대편에 설 거야. 시호 오빠 자리를 지켜 줘야 하니까."

"그래, 그렇게 해."

"나 때문에 오빠 마음이 아플 수도 있어."

"괜찮아. 난 아프지 않아."

"세상에 아프지 않은 사람이 어디 있어!"

"네가 없던 그 시간이 내게는 지옥이었어. 그보다 더한 지옥은 없으니까 괜찮아. 너만 내 곁에 있다면 그깟 후계자 다툼 정도로 아파할 내 심장이 아니야. 8년 동안 아주 단단하게 얼어 버렸거든."

가슴 시린 지호의 말이 예린의 심장을 파고들었다. 더는 듣고 싶지 않았다. 한결같은 마음으로 사랑을 보여 주는 지호의 태도에 예린은 눈물이 차올랐다.

"늦었다. 나 그만 들어갈게."

차에서 내린 예린은 손등으로 눈물을 닦으며 곧장 걸어갔다. 지호에게 보여 주고 싶지 않았다. 이토록 흔들리는 자신의 모습을.

싱그러움을 가득 담은 4월의 봄. 이 경이로운 순간을 놓치지 않으려고 캔버스를 들고 정원으로 나온 자영은 벌써 두 시간째 꼬박 앉아 있었다. 자영은 시원한 생수를 마시는 것 외에는 화장실조차 가지 않고 앉아 그림을 그렸다.

비록 도심이기는 하지만 지대가 높고 뒤로는 산을 끼고 있어 제법 화폭에 담을 풍경이 그려지는 곳이었다. 자연과 도시가 공존하는 이곳. 자영은 이런 이유로 이 정원을 손수 가꾸며 아꼈다.

아마 이곳이 아니었다면 벌써 결혼 생활을 접었을지도 몰랐다. 일에 미쳐 있는 남편과 그 남편 못지않게 차가운 아들. 지금은 돌아가셨지만, 가문을 중시하셨던 시어머니 밑에서 버틸 수 있었던 것은 오로지 이 정원 때문이었다.

이렇듯 그 누구에게도 방해받고 싶지 않은 자영의 공간 안으로 불청객이 들어섰다.

"그림 실력은 여전하네."

혜선의 비꼬는 듯한 목소리에 붓을 들고 있던 자영의 손이 스르륵 땅으로 꺼졌다. 짧은 한숨과 함께 캔버스에서 시선을 뗀 자영은 마른침을 삼켰다. 한집에서 지내며 마냥 피할 수만은 없겠지만 할 수 있다면 되도록 멀리하고 싶은 마음이었다.

"무슨 일이세요?"

얼음장 같은 자영의 말투가 혜선에게 날아들었다. 자영은 눈빛 한 번 주지 않고 고개를 돌려 도심을 내려다보고 있었다. 아직은 혜선의 얼굴을 마주하며 말을 나누고 싶지 않았다.

"반기는 기색까지는 바라지도 않지만 고개까지 돌릴 필요는 없잖아?"

"등을 돌리는 것보다는 낫겠죠."

가족이란 단어로 묶여 지낸 지 30년이 훌쩍 넘었다. 아니, 가족이란 단어 전에 친구로 지낸 4년의 시간도 있었다. 하지만 자영에게 혜선은 여전히 불편하고 원망스런 존재였다.

물론 이런 생각을 하고 있는 사람이 비단 자영만은 아니었다. 혜선도 친구이자 동서인 자영이 편치 않은 것은 사실이었다.

"하실 말씀 있으시면 빨리하세요. 하던 일이 있어서."

"그래, 그럼. 어디부터 얘기를 할까……. 한국에서 쫓겨난 8년 전 그때부터?"

"……."

붓을 잡고 있던 손이 부르르 떨렸다. 서로의 가슴에 아픈 상처일 뿐인 그것은 굳이 꺼내고 싶지 않은 과거사였다. 자영은 언제까지 과거를 끄집어내 더 깊은 상처를 만드는 악순환을 되풀이해야 하는지 알 수 없었다.

좀처럼 끝이 보이지 않는 신경전. 이제…… 그만하고 싶었다.

"난 예린이가 이 집에 있을 줄은 몰랐어. 예린이를 받아준 동서도 이해할 수 없지만 다시 돌아온 예린이는 더 이해할 수 없더라고. 도대체 두 사람의 관계는 뭐야? 전에는 가족이었는데 지금은 고용 관계인가?"

"예린이는 내 딸이에요."

"딸? 동서, 딸에게 '사모님' 소리를 듣는 엄마가 세상에 어디 있어? 그건 억지지. 안 그래?"

귓가에 속삭이는 혜선의 말투가 자영을 더욱 치욕적으로 만들었다. 인정하고 싶지 않은 사실이자 숨기고 싶은 감정을 들켜 버린 것 같았다. 자영은 혜선의 말에 동요되지 않으려고 얼굴에 두꺼운 가면을 겹겹이 만들어 썼다.

"여전히 포커페이스를 잘해, 동서는. 그래서 더 싫어. 내 머리를 쥐어뜯고 싶을 텐데 전혀 아닌 척하는 그런 가식적인 모습 말이야. 친구일 때도 그랬고, 지금 가족이란 울타리 안에서도 그렇고."

"하실 말씀 끝났으면……."

"아직 중요한 말은 꺼내지도 않았어. 예린이 혼처 말이야. 내가 좀 알아볼까?"

혜선의 말에 자영의 심장이 쿵 하고 내려앉았다. 자영의 눈가가 파르르 떨렸다.

"동서도 참 답답하다. 나이가 서른이나 된 애를 여태 끼고 있으면 어떡해. 남들이 뭐라고 하겠어. 친딸 아니라고 곁에서 부려 먹는다는 소리만 하겠지."

자영이 대꾸도 하지 않자 재미없다는 듯 혜선은 눈동자를 돌렸다.

"그래, 돌려 말하지 않을게. 동서도 예린이를 내 며느리로 주고 싶지는 않겠지. 예린이를 친딸처럼 생각하지는 않아도 불행해지는 건 원치 않을 테니까. 동서와 내가 잘만한다면 아이들의 행복을 지킬 수 있어. 동서가 알아서 예린이의 마음을 돌려 준다면 다행이지만 그렇지 않으면 상처는 모두 예린이 몫이겠지. 8년 전 그때처럼. 난 그냥 두고 볼 생각이 전혀 없으니까 말이야."

말을 끝낸 혜선이 정원에서 사라지자 자영은 그제야 안도의 한숨을 내쉬었다. 땀이 나도록 쥐고 있던 붓을 내려놓으며 자영은 의자에서 일어나 담장 쪽으로 걸어갔다.

가슴팍까지 오는 기와 담장 앞에 서서 도심을 내려다보던 자영은 저도 모르게 씁쓸한 미소를 지었다. 바보라서 혜선의 독설을 참고 있는 것이 아니었다. 할 말이 없어 화를 누르고 있는 것도 아니었다.

다만, 어느 쪽이 예린을 위한 일인지 판단이 서질 않았다. 혜선의 말처럼 예린의 불행을 바라지는 않았다. 이미 8년 동안 충분히 영혼 없는 예린의 눈빛을 마주했으니까. 더는 그 아이에게 아픔을 전해 주고 싶지 않았다.

지호가 돌아온 뒤로 시간은 화살처럼 빠르게 지나갔다. 하루하루 기다림에 지쳐 무의미한 시간을 보냈는데 요즘은 잦은 변화로 정신이 없었다. 귀국한 지 열흘 만에 지호가 신화그룹 기획실장으로 발령받았고 시호의 결혼은 일사천리로 진행되었다.

시호가 원치 않은 결혼을 선택할 만큼 후계에 집착을 보이자 예린은 불안했다. 막연하게 생각했던 후계 싸움이 본격적으로 시작된 기분이었다. 그렇게 각별했던 사촌 지간이 한순간 적으로 변해 마주하는 것을 지켜볼 수만은 없었다.

점심시간을 이용해 지호를 만나러 나가던 예린은 회사 주차장에서 혜선과 딱 마주쳤다.

"어디 가는 길이니?"

예린을 마주하자 혜선의 시선이 날카롭게 변했다.

"네. 약속이 있어서요."

"누굴 만나는데?"

"제가 누굴 만나든 상관없으시잖아요."

"지호를 만난다면 상관없다고 못 하지."

혜선의 압박에 긴장한 예린은 어떠한 대답도 하지 않았다.

"그만 가 보겠습니다."

짧게 목 인사를 하고 서둘러 자리를 피하려는 예린의 마음과 달리 혜선은 쉽게 보내 줄 의사가 없는 듯 길을 막았다.

"내 눈을 피해 잘도 만나더구나. 언제까지 가능할 것 같니?"

피할 수 있다 생각한 것은 오산이었다. 피해서 될 일도 아니었다. 예린은 마음을 굳게 먹고 혜선을 똑바로 바라보았다.

"지호가 기다려 달라 하던? 지켜 줄 수 있다 약속했어? 그래서 지금 내 앞에서도 이렇게 당당한 거야?"

"무슨 말씀을 하시는 건지 잘 모르겠어요."

"몰라? 똑똑한 네가 모르면 누가 알까?"

혜선은 예린이 하나부터 열까지 마음에 들지 않았다. 태어날 때는 모든 것을 다 가지고 있었을지 몰라도 지금은 친부모를 잃은 고아일 뿐이었다. 일가친척도 없어 자영이 데려다 키웠다는 사실도 못마땅했다.

또한 혜선을 가장 실망시키는 것은 예린의 성품이었다. 욕심이라고는 전혀 찾아볼 수 없는 그저 착하기만 한 성격. 지호의 짝으로 턱없이 부족한 아이였다.

"눈치껏 이쯤에서 포기하지 그래. 시간이 지날수록 힘들어지는 사람은 너야."

소름이 돋을 정도로 차가운 혜선의 목소리가 예린의 간담을 서늘하게 만들었다. 예린은 마른침을 삼키며 살짝 몸을 떨었다. 예린에게 혜선은 세상에서 가장 어려운 사람이었다.

"지호 곁에 두 사람이 설 수는 없어. 하나는 떠나야 하지. 그렇다면 지호가 너와 나 둘 중 누굴 선택할 것 같니? 아들의 사랑을 위해 어미인 내가 떠나는 것이 옳을까? 부모와 자식 사이를 갈라놓고 얻은 네 사랑은 마냥 행복할 것 같아?"

"그만하세요!"

혜선이 던진 악담은 고문에 가까웠다. 들으면 들을수록 온몸에 전기가 흐르고 살이 찢어지는 아픔이었다. 혜선의 말처럼 지호에게 필요한 이는 자신보다 어머니였다. 타지 생활을 같이 이겨 낸 어머니를 버리고 자신을 선택하라 할 수는 없는 일이었다.

예린은 양손으로 두 귀를 막았다. 더는 마녀의 고문을 이겨 낼 자신이 없었다. 8년 전 그때와 똑같은 상황이었다.

'괴롭지? 괴로울 거야. 넌 착하니까. 지호가 날 버리게 둘 네가 아니지.'

자그마치 8년 동안 예린에게 향한 마음을 돌리려고 수단과 방법을 가리지 않았다. 하지만 지호는 고집처럼 그 마음을 지금까지 지켜 왔다. 그래서 무서웠다. 예린이 언제든 마음을 먹으면 자신이 설 자리가 없어진다는 것을 알았기에.

이 때문에 혜선은 방법을 달리했다. 지호가 아닌 예린 스스로 포기하게 만드는 것. 혜선은 예린을 비웃기라도 하듯 승자의 미소를 지으며 주차장을 빠져나갔다.

마음을 추스르고 커피숍에 도착하자 먼저 와서 기다리고 있는 지호가 보였다. 아무렇지 않은 듯 애써 미소를 지으며 자리에 앉았지만 다 감출 수는 없나 보다. 자신을 바라보는 지호의 눈빛에 걱정스러움이 가득 묻어 있었다.

"내가 물어도 말 안 할 거지?"

"어. 그러니까 묻지 마."

"송예린. 변한 줄 알았는데 하나도 안 변했네. 천사 같은 그 마음."

"서른 살이나 먹은 천사는 없어. 한국에서는 서른 살 먹은 여자를 노처녀라고 해."

"농담이야? 아님 내 탓이라고 얘기하는 거야?"

"둘 다."

잠깐이지만 두 사람은 서로의 얼굴을 보며 소리 내어 웃었다. 이렇게라도 하지 않으면 두 사람에게 웃을 일은 전혀 없으니까.

"오빠가 선택해."

갑작스런 질문에 지호는 어리둥절한 표정이었다.

"뭘?"

"사랑이야, 가족이야?"

"너와 어머니 중 한 사람만 선택하라는 말이지?"

"아니."

"아니라고?"

의외의 답변에 지호는 머릿속이 혼란스러웠다. 예린이 말하는 선택의 의미를 찾기 위해 안간힘을 썼지만 좀처럼 답을 찾기 어려웠다. 순간 불안감이 밀려왔다.

"날 여자로 생각할 건지 아니면 여동생으로 생각할 건지 선택하라고."

"그건 이미 선택했잖아. 네가 고등학교 졸업하던 그날에."

"다행인지는 모르겠지만 그때 그 선택 지금 다시 할 수 있어. 그러니까 고심해 보라고."

"난 도대체 네가 무슨 말을 하는 건지 모르겠다."

"오빠가 이대로 사랑을 고집하면 우린 가족으로서도 마주할 수 없어. 하지만 오빠가 날 다시 여동생으로 생각해 준다면 우린 그나마 가족이라는 울타리 안에서 지낼 수 있을 거야. 8년이면 충분히 떨어져 있었잖아. 지옥 같은 그 시간 버텼으니까 이제부터 우리 오빠 동생 하자. 편하게. 더는 떨어지지 말고."

"예린아……."

"오빠도 더는 욕심부리지 마. 후계자도 포기해. 서로 상처만 남을 일을 왜 자꾸 만들어. 오빠도 아프면서. 시호 오빠 힘들게 하면 오빠가 더 힘들면서 왜 굳이 그 일을 자처하는데. 우리가 사랑을 고집하지 않으면 사모님도 한발 물러나실 거야. 오빠가 싫다고 하면 후계자 욕심 더는 안 내실 거라고. 그냥 사모님이 원하는 여자 만나서 결혼해. 축하는 못해 줘도 오빠 동생으로 박수는 쳐 줄게."

가슴 시린 말에 지호는 할 말을 잃었다. 어떻게 여기까지 왔는데, 얼마나 힘겹게 이 한국 땅을 밟았는데 아무것도 모르고 한순간 모든 것을 접자는 예린의 말이 너무나 서운했다. 선택은 이미 오래 전에 끝났고 번복할 마음은 추호도 없었다.

지호는 어두운 표정으로 예린을 아련하게 바라보았다.

"난 이 사랑 지킬 거야. 지키기 위해서 너에게 돌아온 거고."

"오빠……."

"그래, 말해."

"오빠가 알고 있는 나는 8년 전 죽었어."

섬뜩한 예린의 말이 심장을 두 쪽으로 갈라놓는 기분이었다. 지호는 잠깐 숨을 쉴 수 없었다.

"무슨 소리야. 그때 모습 그대로 여기 내 앞에 있는데."

"오빠가 떠날 때 오빠를 사랑한 나도 죽은 거야. 죽은 사람 더는 가슴에 담아 두지 마. 돌아오지 않아."

"예린아!"

가슴 저린 말을 남기고 예린은 커피숍을 나갔다. 지호는 예린을 잡을 수 없었다. 죽었다는 예린의 말이 귓가에 계속 맴돌아 칼로 심장을 도려내는 기분이었다. 8년 전 한국을 떠날 때보다 더한 아픔이 지호에게 날아들었다.

예린과 헤어진 지호는 자신의 집무실이 아닌 시호의 집무실로 들어가 소파에 털썩 주저앉았다. 답답한 마음에 시호를 찾아왔지만 차마 말을 꺼낼 수는 없었다. 시호가 자신 편이 아니라는 것쯤은 알고 있으니 말이다.

지호는 잔뜩 일그러진 표정으로 회의 자료를 검토하던 시호와 눈이 마주쳤다.

"30분 뒤에 회의 시작이야. 훼방 놓으려고 왔냐?"

"30분 뒤에 시작하는 회의 자료를 지금까지 검토 중인 사람에게 훼방까지 필요할까?"

"잘나셨다. 무슨 일이야?"

"알 필요 없어."

"어이쿠, 그러세요. 그럼 가, 인마. 신경 쓰여."

"싫어. 여기 있다가 회의 들어갈 거야."

"그건 무슨 똥고집이야."

시호는 한 손으로 턱을 괴고 지호를 뚫어져라 바라보았다. 독심술이라도 하려는지 지호의 눈동자에서 시선을 떼지 않았다. 말하지 않아도 알아내겠다는 시호의 눈빛은 예리한 탐정의 눈빛과 흡사했다.

"사랑하는 여자에게 차이기라도 했냐? 다 죽어 가는 표정이다."

"차였지. 그것도 아주 세게."

"뭐야? 정말이야? 누가 널 찼어?"

"누군지 말해 주면 다시 시작할 수 있도록 도와줄래?"

"미쳤냐. 탁월한 선택을 하신 거라고 박수를 쳐 주면 모를까."

시호는 괜히 너스레를 떨었다. 조금이라도 지호의 마음을 편안하게 해 주려 한 말이었지만 별 소득은 없었다. 무표정의 지호를 바라보며 여전히 위로가 서툰 시호는 한 손으로 머리를 긁적였다.

"뭐가 모두를 위해 좋은 선택인지 모르겠어. 좀 가르쳐 주라."

"그런 건 없어."

시호다운 대답에 지호는 피식 웃음이 새어 나왔다. 물어본 자신이 바보라는 생각마저 들었다.

"모두를 위한 선택은 없다고. 자신을 위한 선택만 존재할 뿐이지. 다 만족시키려고 하지 마. 네가 가장 힘들 거야."

"내가 힘들어지는 건 무섭지 않아. 내가 지켜 주지 못한 사람들의 아픔을 지켜보는 것이 힘들 뿐이지."

"한쪽 눈 감아."

"무슨 뜻이야?"

"네 선택에 기뻐할 사람만 생각하라고. 아파할 사람은 눈감고 모른 척해. 그래야 하고."

"내 선택이 널 아프게 할 수도 있어."

겉으로는 시호를 적이라고 말했다. 그래야 어머니의 시야에서 벗어날 수 있었으니까. 하지만 마음까지 돌아서지는 못했다. 형제라고는 시호뿐이었고 한순간에 돌아서기에는 서로의 우애가 너무 깊었다.

"그러려고 한국에 온 거 아니야? 새삼스레 확인 사살까지 할 필요 없잖아."

"내가 다른 선택을 한다면 넌 덜 아플 수도 있어. 그래서 하는 말이야."

"됐다. 아주 안 아프면 모를까. 어차피 아파야 한다면 죽도록 아파 보지, 뭐. 나만 아프면 그래도 넌 행복할 수 있는 거지?"

시호의 가슴 시린 물음에 지호는 순간 눈물이 차올랐다. 대답을 할 수 없었다. 서로를 생각하는 마음은 이미 눈빛으로 다 담아냈으니까. 굳이 말로 할 필요는 없었다.

"미안하다는 말 안 할 거야."

"하지 마. 나도 듣고 싶지 않아."

지호가 어떤 선택을 하든 아픈 이들이 있다는 것은 피할 수 없는 현실이었다. 정녕 피할 수 없다면 시호의 말처럼 자신을 위한 선택뿐. 시호의 집무실을 나오는 지호의 발걸음이 무거웠다.

지호는 30분 뒤 시작된 회의에서 시호가 준비한 프로젝트의 문제점을 낱낱이 밝혔다. 반박할 수 없을 만큼 무참히 짓밟아 놓고 당사자인 시호보다 더 쓰린 속을 부여잡아야 했다. 칼날은 시호에게 향했는데 왜 자신의 심장이 이토록 아픈지 알 수 없었다.

그렇게 홀로 마신 술이 과했나 보다. 오랜만에 몸을 못 가눌 정도로 술을 마신 지호는 휘청거리면서 집으로 들어왔다. 그립고 괴로운 마음에 잊어 보려 술을 마셨으나 발길이 머문 곳은 예린의 방문 앞이었다. 불이 꺼진 방문에 등을 기대고 고개를 숙인 지호는 서 있는 것조차 힘들었다.

"예……린아."

하고 싶은 말이 너무도 많아 입안에 차고 넘쳤지만 겨우 짜낸 말은 예린을 부르는 것이 전부였다. 방 안에서 인기 척이 없자 지호는 스르륵 마룻바닥에 주저앉았다. 두 눈을 감고 머리까지 뒤로 기댄 지호는 반복적으로 예린의 이름 만 불렀다.

어디서 들리는 소리일까? 꿈인가? 내가 꿈을 꾸고 있 나? 너무도 그리운 목소리에 눈을 뜬 예린은 불을 켰다. 아 니겠지, 하면서도 방문 앞으로 다가간 예린은 문이 열리지 않자 확신했다.

"예……린아."

"나 여기 있어."

방문을 사이에 두고 앉은 두 사람은 한동안 말이 없었 다.

"오늘 내가 시호 가슴에 비수를 꽂았어."

"알아."

"그래서 아파. 가슴이 너무 아파서 술을 마시지 않으면 집에 못 들어올 것 같았어. 사랑하는 여자가 이제 동생이 라 말하고, 그 사랑을 지켜야 내가 살 수 있어서 하나밖에 없는 형제에게 칼을 꽂고. 무슨 세상이 이렇게 더럽냐."

술에 취한 지호의 목소리는 중간중간 슬픔에 잠겼다. 예린의 가슴도 아프기는 마찬가지였다.

"내가…… 도망가자고 하면 갈래?"

생각하고 또 생각해서 꺼낸 말. 지호의 목소리는 무거운 마음만큼 가라앉고 있었다.

"어디로 가려고……. 갈 데는 있어?"

예린의 목소리도 갈라졌다. 예린은 스스로 자신의 마음을 다독이며 감정을 꾹꾹 눌렀다.

"지금부터 생각하면 되지. 어디로 갈까? 하와이, 호주, 아니면 유럽?"

"신혼여행 가는 거 아니잖아. 도망가려면 찾지 못하는 곳으로 가야지. 바보."

"그런가? 맞다. 우리 숨어야 하는 사람들이구나."

또다시 정적이 흘렀다. 슬픔에 애써 눈물을 참아 보지만 현실은 가혹했다.

"작은 섬으로 가야겠다. 무인도 같은 곳. 그럼 못 찾겠지?"

"그래, 가자. 오빠하고 단 하루라도 같이 살 수 있다면 가지, 뭐."

"정말이지? 언제 갈래?"

"오빠 술…… 깨면. 그때 가자. 같이."

술이 깨면 같이 갈 수 없다는 것을 지호는 알고 있었다.

아침이 오고 술기운이 사라지면 남는 것은 현실이었다. 사회적 지위와 욕심으로 가득 찬 어머니와 사랑하는 예린의 사이에서 허우적거리는 자신을 발견하게 될 것이었다. 이런 생각에 아침이 오지 않았으면 하는 바람도 있었다.

"나만 선택할 수 있어? 어머니도 버리고 야망도 버리고 오로지 나 하나만 보며 살 수 있냐고."

그러겠다는 답을 듣고 싶어 묻는 말이 아니었다. 현실을 직시하라는 마음에서 던진 질문이었다. 자신은 괜찮다는 속뜻도 담겨 있었다.

"버리지, 뭐."

"거짓말. 부모를 어떻게 버려. 피로 맺어진 인연은 버릴 수 없대. 죽어서도……."

"그럼 너와 나는……. 이렇게 바라보는 것이 끝이라면 너무 억울하잖아. 너는 우리 사랑이 불쌍하지도 않아?"

울먹이는 지호의 목소리에 참고 있던 예린의 눈에도 눈물이 고였다. 하지만 지호를 위해서 슬픔은 감추기로 했다. 자신이 선을 긋지 않으면 지호가 이 문을 박차고 들어올 테니까. 예린은 지호보다 이성적이어야만 했다.

"우리의 사랑이 왜 불쌍해. 얼마나 아름답고 고귀한 사랑인데. 알아주는 이 하나 없지만 그 누구보다 절실하잖아. 사랑이 다 이루어진다면 절실하다는 말은 사라지고 없을 거야. 때론 우리 사랑처럼 아픈 사랑이 있어야 가슴에 남지. 난 머리가 아니라 가슴에 새길래."

세상에 아픈 사랑을 하고 싶은 사람은 없을 것이다. 가만히 예린의 말을 듣고 있던 지호의 가슴에 멍울이 커졌다. 알면서도 포기할 수 없는 예린과 차마 홀로된 어머니를 버릴 수 없는 지호는 두 사람 사이에서 괴로웠다.

왜 선택은 늘 둘 중 하나여야만 하는가. 지호는 괴로움에 자신의 뒤통수를 문에 쿵쿵 박았다.

'오빠…… 미안.'

소리 없이 흐르는 눈물이 예린의 볼을 타고 내려와 손등으로 떨어졌다.

얕은 신음을 뱉으며 몸을 뒤척인 지호는 목이 타들어 가는 기분이었다. 깨질 것 같은 머리를 한 손으로 받쳐 들며 반쯤 일어나 앉았지만 주방까지 걸어갈 정신은 없었다. 어젯밤 술이 과했는지 속이 쓰리고 몸도 천근만근이었다.

"이제 안 하던 짓까지 하는구나."

침대 옆으로 다가와 대접을 내민 혜선은 한심한 듯 지호를 내려다보며 혀를 찼다.

"못난 놈."

혜선에게 대접을 건네받은 지호는 단숨에 꿀물을 비웠

다. 그러나 타는 듯한 갈증이 해소되지는 않았다.

"아침부터 무슨 일이세요."

갈라지는 지호의 목소리에 혜선의 미간이 찌푸려졌다.

"네가 제정신이니? 도대체 요즘 뭘 하고 다니는 거야! 이 엄마는 널 위해서 동분서주하고 있는데 넌 술에 취해 이런 모습이나 보여 주다니."

예상대로 혜선의 잔소리가 시작되었다. 한동안 시호와도 가깝게 지냈으니 이 정도는 각오하고 있었다. 다만 술이 덜 깬 탓에 앉아 있기가 힘들 뿐이었다.

"그새 잊었니? 미국에서 엄마와 했던 약속 말이야."

그걸 어떻게 잊을 수 있을까. 지호는 쿡쿡 쑤시는 머릿속에서 기억을 끄집어냈다.

신화그룹 후계자가 된다면 예린과 결혼을 허락하겠다는 혜선의 말에 자신의 인생은 바뀌었다. 이것은 자신이 할 수 있는 최선의 선택이었다. 어쩌면 약속보다 거래라는 것이 더 맞을지도 모른다.

"잊지 않았어요."

"기억하는 놈이 이러고 다녀!"

"이보다 더 어떻게 해요! 얼마나 더 시호 가슴에 칼을 꽂고 예린이 가슴에 못질을 해야 어머니 마음이 편안해지시겠어요!"

"모르는 소리 마! 벌써 나약해지고 있잖니! 가족이 아니라 싸워서 이겨야 할 적이야."

"어머니!"

지호의 목소리가 방문을 넘었다. 다행히 별채를 사용하고 있어 듣는 사람은 없었지만 두 사람의 격한 감정은 좀처럼 수그러들지 않았다.

"저에게는 시호가 친구이고 형제였어요. 승계 때문에 가족을 한순간 적으로 돌릴 수는 없다고요."

"우리를 한국에서 쫓아낸 이들이 바로 네가 말하는 가족이다. 누가 먼저 시작한 싸움인지 똑똑히 기억해. 네가 후계자가 되지 않으면 예린이도 포기해야 하는 거야. 알겠니?"

"알고 있어요."

"아버지는 너처럼 나약하지 않았어. 엄마를 위해 최고의 자리에 올랐지. 너도 할 수 있단다. 아버지 아들이니까."

도대체 어머니의 사랑은 무엇일까? 자신의 야망을 채우기 위해서는 남편도 아들도 도구에 지나지 않는 걸까?

오로지 가족들에 대한 미움으로 심장을 얼려 버린 어머니를 지호는 이해할 수 없었다. 왜 그토록 가지지 못하는 것들에 대해 갈망하고 잃어버릴까 두려워하는지 말이다.

지호는 돈과 명예에 점점 더 물들어 가는 어머니를 바라보며 쓸쓸함을 느꼈다. 어머니에게 사랑이란 단어는 존재하지 않는 것 같았다.

"두 번 다시 이런 모습은 보이지 마라. 예린이를 먼저 찾아가는 일도 없어야 할 거야."

"예린이와 만나는 것까지 어머니께 허락받을 이유는 없어요."

"난 분명 결혼을 승낙한다 했지, 예린이를 인정한다고는 하지 않았다. 그러니 후계자가 되기 전까지는 예린이와 거리를 둬야 할 거야."

단호한 혜선의 말에 지호는 지친 듯 말을 아꼈다. 방을 나서는 혜선의 뒷모습에 싸늘한 기분이 들었다. 벌써 오늘 하루가 힘겹게 시작되는 느낌이었다.

퇴근 시간이 되었지만 예린은 자리에서 일어나지 못했다. 어제 그토록 지호에게 모진 말을 던져 놓고 마주할 자신이 없었다.

술에 취해 자신의 방까지 찾아온 지호를 머릿속에 떠올리자 마음이 아팠다. 자신의 아픔까지 모조리 지호에게 던져 준 기분이었다.

도저히 집으로 들어갈 용기가 나지 않아 어디서든 시간을 때워야겠다고 다짐하며 퇴근 준비를 했다.

컴퓨터를 끄기 위해 마우스를 움직이던 예린은 이상한 것을 발견했다. 오전에 메일 정리를 했는데도 불구하고 메일이 무려 100통 가까이 와 있었다.

처음 보는 메일 주소에 망설이던 예린은 메일 하나를 클릭했다. 제목도 없는 메일을 읽어 내려가는 예린은 벌어진 입을 다물지 못했다.

어느새 날이 밝아 와. 오늘도 너와 통화를 못 했어. 이대로 정말 널 포기해야 하는 건가? 그러기에는 내 심장이 너에게 물들었는데 어쩌지……. 이런 식으로 내가 얼마나 버틸 수 있을지 모르겠어. 그렇다고 널 포기한 건 아니야. 다만, 서로 생각할 시간이 필요하다는 결론을 내렸어. 통화는 할 수 없지만 너에게 쓰는 메일은 멈추지 않을 거야. 이거라도 하지 않으면 미칠 것 같으니까.

널 못 본 지 2년이나 됐다. 이제 네 목소리도 가물가물해. 하지만 난 잊지 않을 거야. '송예린'이라는 예쁘고 착한 이름을. 요즘 너무 피곤해. 일도 많고 어머니 잔소리는 더 심해지셨고. 버티려고 애는 쓰는데 힘들다. 시간이 지나면 그리움도 무뎌질 줄 알았는데 착각이었나 봐. 왜 더 보고 싶고 그리울까. 언제까지 이 먹먹한 가슴을 끌어안고 지내야 하는지 모르겠다. 예린아, 넌 지금 뭘 하고 있니? 내 생각…… 조금은 하니?

　오늘은 우리가 처음 만난 날이야. 그래서 꽃바구니를 보냈어. 하고 싶은 말은 많지만 그 말 외에는 그 어떤 말도 못 쓰겠더라. 내가 아무리 미워도 꽃바구니는 받아 줄 거지? 나 정말 미쳤나 봐. 아까 식당에서 점심을 먹고 나오는데 너와 비슷한 여자를 본 거야. 미친 듯이 뛰어가서 돌려세웠더니 아니지, 뭐. 하…… 이제 환영도 보이나 봐. 보약이라도 먹을까. 그러면 너에 대한 그리움이 잠잠해지려나? 그래서 술 좀 마셨어. 그동안 안 마시려고 참았는데 오늘은 못 참겠더라. 왜 이리 보고 싶니. 예린아, 너무 보고 싶어서 죽을 것 같아. 나 좀 살려 주라.

　눈물이 멈추질 않았다. 그가 얼마나 힘들게 미국 생활을 이겨 냈는지 고스란히 느낄 수 있었다. 예린은 한없이 흐르는 눈물을 닦으며 오열을 했다. 눈물 없이 읽을 수 없는 내용이었다. 아직 다 읽지 못한 메일이 잔뜩 쌓여 있었다.
　"오늘은 보내야지, 오늘은 보내야지, 하면서 그러지 못했어. 네가 읽지 않는다는 것을 알면 더 실망할까 봐 무서웠거든. 그냥 차곡차곡 쌓아 놓기만 했는데 이렇게 많을 줄은 몰랐네. 그냥 다 지워 버릴까 하다가 널 그리워했던 그 시간이 너무 억울해서 보냈어. 넌 전혀 모르는 것 같아서."

언제부터 뒤에 서 있었는지 알 수 없었다. 메일에 정신이 팔려 있던 예린은 갑자기 들리는 지호의 목소리에 의자를 돌렸다. 이미 얼굴은 눈물범벅이었다.

"송예린, 예쁘게 울어야지. 이게 뭐야."

지호는 꺼억거리며 우는 예린을 천천히 일으켜 세웠다. 그리고 두 손으로 예린의 볼에 흐르는 눈물을 닦아 주었다.

"그래도 난 지금 행복해. 널 볼 수 있어서. 날 밀어내도 이렇게 손 닿는 곳에 네가 있다는 사실만으로도 행복하니까. 네가 내 생의 처음이자 마지막일 거야."

지호의 입술이 예린의 입술을 삼켰다. 마치 힘들었던 8년의 시간을 보상받으려는 것처럼 거칠게 예린의 입술을 탐했다. 부드러우면서도 도톰한 예린의 입술은 지호의 입술에 갇혀 버렸다.

온몸으로 느껴지는 짜릿한 쾌감은 두 사람을 더욱 뜨겁게 만들었다. 밀착된 서로의 몸이 스칠 때마다 정신은 점점 아찔해지고 있었다. 두 사람은 잠시 이곳이 어디인지 잊었다.

"그, 그만……!"

예린이 정신을 차리고 지호를 두 팔로 밀어냈다. 하지만 겨우 입술만 떨어졌을 뿐 몸은 여전히 지호의 품에 안겨

있었다. 아무리 밀어내려 발버둥을 쳐 봐도 지호의 사랑을
외면할 수 없었다. 한동안 두 사람은 그리워했던 시간만큼
서로를 안고 있었다. 떨어지기에는 두 사람의 사랑이 너무
깊었다.

#5
결실

겨우 예린의 마음을 돌리고 잔잔한 일상이 이어지던 어느 날 새벽, 지호는 큰 사건에 휘말리고 말았다. 괴한들에게 둘러싸여 있는 시호를 우연히 발견하고 구해 주려 했으나 그만 자신 대신 시호가 칼에 찔리고 말았다.

순식간에 벌어진 일이었다. 자신에게 칼을 들고 달려드는 괴한을 막은 시호가 병원으로 이송되는 것을 지켜보며 지호는 울부짖었다.

사건이 있은 후 이틀이 지났다. 시호가 응급 수술을 받고 회복 중이라는 말을 전해 들은 지호는 그제야 정신을 차렸다. 하나하나 조합해 가자 큰 그림이 완성되었다.

그 그림 속의 주인공은 바로 자신의 어머니 혜선이었다. 끝까지 부인은 하지만 불안에 떠는 모습은 지호에게 확신만 안겨 주었다.

나락으로 떨어지는 기분이었다. 아니라고 수백 번 외쳤지만 변하는 것은 아무것도 없었다. 미안한 마음에 시호의 얼굴조차 마주할 용기가 나지 않았다.

"오빠…… 여기서 뭐해?"

주차장에 차를 세워 놓고 운전석에 앉아 있던 지호는 반쯤 열린 창문 너머로 들리는 예린의 목소리에 감았던 눈을 떴다. 이틀 전, 피를 흘리며 쓰러진 시호를 보고 자신만큼이나 놀라던 예린의 얼굴이 떠올랐다. 지호는 창문 밖으로 팔을 뻗어 예린의 손을 잡아 주었다.

"시호는 어때?"

"의식은 돌아왔어. 회복될 때까지 양평 별장에 있을 거야. 시호 오빠 보러 안 가?"

"내가 어떻게 시호 얼굴을 봐."

지호의 말에 예린은 입을 다물었다. 지호가 왜 망설이는지 알기에 강요하고 싶지 않았다. 다친 시호만큼 아파하는 지호의 표정을 예린은 묵묵히 바라보았다.

"타."

"어디 가려고?"

"어디든 가자. 집은 싫다."

예린을 태우고 주차장을 빠져나간 지호는 남산으로 향했다.

예린과 나란히 남산 성곽 위에 앉은 지호는 서울 시내를 내려다보았다. 시원하게 불어오는 밤바람이 복잡한 머릿속을 식혀 주었다.

"확인……했어?"

조심스레 묻는 예린의 목소리가 떨렸다. 지호는 대답 대신 입꼬리를 한쪽으로 올리며 피식 웃고 말았다.

"말로는 부인하시는데 왜 믿음이 안 가는지 모르겠다."

"믿어 드려야지. 오빠는 아들이잖아."

"그래, 난 그분의 아들이지. 그런데 이번처럼 그분 아들인 것이 죽을 만큼 부끄러웠던 적은 없었던 것 같아."

시간을 되돌릴 수만 있다면 그러고 싶었다. 시호 대신 쓰러진 사람이 자신이었으면 했다. 만약 그랬다면 시호에게 덜 미안할 것 같은데 자신에게는 그런 마법 같은 능력이 없었다.

환하게 불을 밝히고 있는 빌딩 숲을 내려다보며 지호는 어머니의 죄까지 짊어져야 했다.

"지금 난 브레이크가 없는 차에 어머니와 동승한 기분이야. 운전대를 나에게 넘겨주실 마음이 전혀 없는 어머니 옆에 앉아서 불안에 떠는 내가 한심해. 속도를 높이는 어머니를 막을 방법이 없어. 본인도 피부로 느껴지는 속도감에 무서워하시면서 끝까지 운전대를 잡고 있는 이유가 뭘까? 왜 이렇게까지 하시는지 모르겠어."

"오빠를 지키고 싶은 모성애일지도 몰라. 자신이 그 운전대를 놓으면 본인뿐만 아니라 오빠까지 다친다는 걸 알고 계시니까. 여자는 나약할지 몰라도 어머니는 강하다고 하잖아. 그런 마음이시겠지."

"길이 없는 곳을 달리는 어머니를 그냥 두는 것이 옳은 걸까? 이제 혼자 뛰어내리지도 못하겠어. 뒷좌석에 안전벨트도 없이 앉아 있는 너 때문에."

지그시 바라보는 지호의 눈빛에 예린은 마음이 아팠다. 누구 때문에 이 모든 아픔을 견디고 있는지 알고 있었다. 그래서 미안했다. 사랑한다는 이유로 지호에게 너무 많은 것들을 짊어지게 한 것 같았다.

"멈추게 할 수는 없어도 속도는 늦출 수 있을 거야. 속도가 느려지면 그때 주저 없이 뛰어내리자. 그깟 차 한 대 미련 없이 버리지, 뭐. 분명 그때가 올 거야. 난 믿어."

"그때까지 기다릴 수 있어? 무섭잖아."

"오빠가 곁에 있는데 뭐가 무서워."

지호의 어깨에 살포시 자신의 머리를 기댄 예린은 두 눈을 감았다. 두려움은 혼자일 때 더 극대화되기 마련이었다. 지금 지호와 같이 있는 예린에게 두려움은 없었다. 눈에 보이지는 않지만 사랑이라는 안전벨트를 단단히 매고 있었으니까.

　사건이 발생하고 열흘 뒤 시호가 집으로 돌아왔다. 물론 지금까지 이 사건은 쉬쉬하며 비밀리에 붙여졌다. 알면서도 모른 척하는 건지 시호는 이 일을 입 밖으로 꺼내지 않았다. 그래서 시호를 바라보는 지호의 눈빛이 더 불안하게 흔들렸다.

　"몸은 좀 어때?"

　"보시다시피 멀쩡해."

　별채 정자에 멀찌감치 떨어져 앉은 지호와 시호는 애꿎은 담배만 뻐끔뻐끔 피워 댔다.

　"그런 식으로 넘어갈 상처는 아니야."

　"그럼 네 앞에서 아프다고 엄살이라도 부릴까? 그러면 간호라도 해 줄 거야?"

　"내 간호가 필요하기는 해?"

　"하지. 학창 시절에도 내가 다치면 약은 네가 발라 줬으니까."

　"그땐 그랬지. 싸움질하고 혼날까 봐 다쳤다는 말은 꺼내지도 못하고 네 손이 닿지 않는 곳에 내가 약을 발라 줬으니까."

"그러니까 그때처럼 그 입 닫아."

"뭐?"

시호의 말에 지호는 영문을 모르겠다는 표정으로 바라보았다. 그제야 두 사람의 시선이 서로를 응시했다.

"이번 사건 덮으라고."

"알고 하는 소리야, 아니면 모르고 하는 소리야?"

시호의 생각을 도무지 읽을 수 없었던 지호가 조심스레 물었다.

"알면 뭐가 달라져?"

"후회할 테니까."

"후회 안 해. 너 대신 나라서 다행이란 생각은 지금도 변함없으니까."

"미안하단 말도, 고맙다는 말도 못 꺼낼 만큼 날 비참하게 만드는구나."

"그게 내 복수야. 그러니까 더는 이번 일로 내 앞에서 찌그러져 있지 마. 꼴 보기 싫어."

"표현 한번 죽여주네."

"간다."

시호가 담배를 끄며 정자에서 일어나자 지호가 그를 불

렸다. 대답 없이 몸을 돌려 지호를 바라보는 시호의 눈빛은 전과 다름없었다. 형제를 바라보는 그런 눈빛이었다.

"아프면 언제든 말해. 약 발라 줄게."

"미친놈. 내 와이프가 두 눈 뜨고 버젓이 있는데 너에게 왜 발라 달라고 하냐? 난 두껍고 꺼칠한 남자 손보다 부드러운 여자 손이 더 좋거든? 다시는 그런 말 하지 마라."

"형제한테 상처 받은 마음에도 와이프가 약을 발라 줄 수 있을까?"

지호의 물음에 시호는 바로 대답할 수 없었다. 형제에게 받은 상처가 자꾸 덧나 곪아 가고 있었다. 그 상처가 나을 수 있다고 장담은 할 수 없었다. 하지만 이럴 때 거짓말이 최고라는 것쯤은 알고 있었다.

"우리 와이프는 신의 손이라 가능하지. 그러니까 너나 조심해. 넌 나처럼…… 약 발라 줄 와이프도 없잖아."

"권시호."

"왜! 느끼하게 자꾸 부르고 지랄이야."

지호의 따듯한 눈빛이 어색했는지 시호가 버럭 화를 냈다. 하지만 지호의 눈빛을 피하지는 않았다.

"다음번에는 내가 너 대신 아플게."

"그래. 꼭, 그래라. 두 번은 못 하겠다."

휙 돌아서 별채를 나서는 시호의 뒷모습을 바라보며 지

호는 마지막 담배 한 모금을 깊게 빨아 뱉었다. 시호에 대한 미안함과 고마움이 담배 연기를 타고 올라갔다. 그렇게 지호는 예린을 위해 심장을 또다시 얼려야 했다.

　퇴근해 집에 돌아온 지호는 방으로 들어가다 말고 별채를 빠져나가는 인영에 눈길이 닿았다. 조용히 움직이는 인영을 따라 지호의 눈동자도 움직였다.

　누구일까, 라는 생각이 점점 강렬해질 찰나 밤바람에 인영의 치맛자락이 나풀거렸다. 여자다.

　지호의 눈빛이 가늘어지면서 혜선의 방 쪽으로 고개를 돌렸다. 아직 불이 켜져 있는 방문을 지켜보다 발길을 옮긴 지호는 잠시 망설였다. 하지만 돌아갈 마음은 전혀 없었다.

　"저예요."

　"들어와."

　혜선은 화장대 앞에 앉아 있었다. 나이에 맞지 않게 탱탱한 피부를 자랑하며 화장품을 바르던 혜선은 거울 속에 비친 지호의 얼굴을 바라보았다. 얼굴을 문지르는 양손은 여전히 분주했다.

　"할 말이라도 있는 거야?"

　"별채를 조용히 드나드는 사람이 누군가 해서요."

얼굴을 문지르던 혜선의 손이 멈췄다. 무엇인가 잔뜩 벼르고 있는 지호의 표정에 혜선은 손끝에 남은 화장품을 화장지로 닦아 냈다. 그리고 귀찮은 듯 자리를 옮겨 앉으며 미간을 구겼다.

"뭐가 궁금하니?"

"어머니가 계획하시는 모든 일이요."

"넌 네가 할 일만 잘하면 돼. 내 일까지 신경 쓸 것 없다."

"숨기시니까 더 궁금하네요. 앞으로 무슨 일이 터질지."

"상상도 못 할 일이지."

"아무것도 하지 마세요."

단호한 지호의 말투에 혜선의 눈매가 치켜 올라갔다. 아들이지만 건방지다는 생각이 들어 기분이 언짢았다.

"어머니 도움은 필요 없어요. 제 능력으로 할 테니까 가만히 계세요."

"네 능력? 어느 세월에. 내가 나서지 않으면 이런 기회는 두 번 다시 오지 않아."

"그래서 다른 사람까지 끌어들이시는 건가요? 이렇게까지 하셔야겠어요?"

"다 널 위해서야!"

"항상 그 말씀이시죠. 절 위한 일이라고. 사실은 어머니를 위한 일이잖아요."

"서로를 위한 일이라고 해 두자."

답도 없는 입씨름이 피곤해 혜선은 이쯤에서 끝내려 했다. 하지만 지호는 끈질기게 혜선을 잡고 늘어졌다.

"비겁한 방법까지 쓰면서 그 자리에 오르고 싶지 않아요."

"정정당당히 겨루면 그 자리가 너에게 올 것 같아? 천만에! 어차피 너와 시호 둘 중 하나는 신화그룹을 떠나야 하는 운명이야. 하늘에 태양이 두 개일 수 없는 것과 같은 이치지. 시호가 본부장 자리를 유지하고 있는 한, 네가 후계자가 된다 해도 안전하지 않아. 불안 요소는 애초에 자르는 것이 현명해."

"시호를…… 본부장 자리에서 끌어내릴 생각이세요?"

"못 할 것도 없지."

"어머니! 도대체 어디까지 가실 생각이세요! 이제 겨우 몸을 추스른 시호에게 무슨 짓을 더 하시려고요!"

"난 더한 것도 할 수 있어."

혜선을 바라보는 지호의 눈빛에 순간 공포감이 스며들었다. 마치 악마에게 조종이라도 당하는 인간의 모습을 마주하고 있는 것 같았다. 깨끗한 영혼은 어디론가 사라지고 욕심으로 가득 찬 혜선의 추한 모습은 지호를 경악하게 만들었다.

"분명 후계자가 되라고 하셨어요. 우리 거래에 시호는 애당초 없었다고요."

"사랑, 부, 명예. 그 모든 것을 영원히 내 것으로 만들려면 희생은 따르기 마련이야."

"그 말씀은 어머니의 욕심을 위해서라면 제 희생도 감수하겠다는 것처럼 들리네요."

"내 행복이 곧 네 행복과 같은 거지. 어떻게 너와 내가 다를 수 있겠니. 안 그래?"

혜선의 말을 지호는 인정할 수 없었다. 단 한 번도 같은 목표를 향해 걸으며 행복한 적이 없었다. 늘 불안했고, 가족들에게 미안했다. 하지만 이 모든 것들을 당연한 희생이라고 하는 혜선에게 더는 할 말이 없었다.

"앞으로 일어날 일에 대해서는 눈도 감고 귀도 막아. 금방 지나갈 거야."

마지막 혜선의 말이 심장을 관통하는 기분이었다. 혜선의 욕망에 잡힌 지호의 양심은 그렇게 어둠 속으로 사라졌다.

불길한 예감은 빗나가지 않았다. 다음 날 지호와 예린의 사랑을 시호가 알아 버렸다. 모든 것을 알아 버린 시호의 말을 부인할 수 없어 인정했더니 매서운 주먹이 날아들었다. 피하지 않았다. 맞아서 인정받을 수 있다면 얼마든지 맞을 자신이 있었으니까.

다만, 시호에게서 하나뿐인 동생을 빼앗는 더러운 기분은 떨쳐 버릴 수 없었다. 미안하단 말도 차마 할 수 없었던 지호는 쓸쓸한 시호의 뒷모습을 보고 말았다.

"아파?"

공원에 앉아 지호의 터진 입술에 약을 발라 주는 예린의 손길이 떨렸다. 어른들이 아실까 봐 집에 들어가지도 못하고 급하게 약을 사다 발라 주고 있었다. 터진 입술이 쓰린지 잔뜩 찌푸린 지호의 표정에 예린은 살살 입김을 불어 주었다.

"다친 마음에도 이렇게 약을 바를 수 있으면 좋겠다. 그러면 빨리 아물 수 있을 텐데."

약을 바르던 손이 맥없이 떨어졌다. 충격적인 사실에 괴로워하고 있을 시호를 생각하자 마음이 편치 않았다. 그런 예린의 손을 지호가 살포시 잡아 주었다.

"기다려 보자. 시호도 생각이 있을 거야. 난 그놈 믿어."

"우리 때문에…… 이 바보 같은 사랑 때문에 시호 오빠만 다치는 것 같아."

"나중에 다 갚자. 살면서 하나하나 천천히 그렇게 갚아

나가면 돼."

"이렇게까지 해야 하는 거야? 시호 오빠에게 상처 주면 서까지 이 사랑 지켜야 하냐고. 우리 너무 이기적이잖아."

"난 이기적이라고 해도 널 내 곁에 둘 수만 있다면 더한 일도 할 거야. 너 포기하지 않아."

"우리 죽어서 벌 받을지도 몰라."

울먹이는 예린의 목소리에 지호의 가슴이 메어 왔다. 지금 이 사랑에 아프지 않은 사람은 아무도 없었다. 그래도 지호는 지켜야 했다. 떨어져 있는 그 8년의 시간이 자신에게는 지옥이었으니까. 다시 그때로 돌아가고 싶지 않았다.

"오빠가 받을게. 오빠가 너 대신 다 받을 테니까 예린아, 그때처럼 오빠 손 놓지 마."

지호는 예린을 꼭 안고 놓아주지 않았다. 바람처럼 사라질까 봐 두려웠다. 이렇게 안고 있는 것조차 꿈일까 무서웠다. 다시는 놓고 싶지 않았다.

며칠 뒤 혜선이 수연을 통해 입수한 비리 장부가 권 회장에게 전해졌다. 어떤 이유로 손에 넣었는지 모르지만 그 자료는 시호에게 큰 타격을 주었다. 세상에 공개라도 되는 날에는 조용히 넘어갈 사안이 아니었다.

시호의 거취를 두고 거래를 한 혜선은 권 회장의 결정을 기다렸다. 이 일로 시호의 비서인 수연은 퇴사를 했고 예린은 친한 친구를 떠나보내야 했다.

그날 저녁, 집 근처 공원으로 나오라는 시호의 메시지를 받고 지호는 서둘러 집을 나섰다. 걷다 뛰다를 반복하던 지호는 벤치에 앉아 있는 시호를 발견하고 다가갔다. 아무 말 없이 나란히 벤치에 앉은 두 사람은 담배 한 가치가 다 탈 동안 말이 없었다.

"아팠냐?"

담배를 끈 시호가 먼저 입을 열었다.

"오글거리는 대사 할 거면 입 다물어. 하나도 안 아프니까."

"눈치 빠른 놈. 멋지게 날려 주려고 했더니."

"덜 때렸으면 더 때리든가."

"우리 나이가 벌써 서른둘이야. 치고받고 주먹질하기에는 너무 늙었다는 말이지."

"하고 싶은 말이 뭔데?"

"나 오늘 본부장 자리 그만둔다고 아버지에게 말씀드렸다."

지호도 알고 있었다. 자신과 예린의 사랑을 위해 물러난 시호의 마음을. 그래서 저녁도 먹는 둥 마는 둥 하고 뛰어나온 길이었다. 너무 미안해서 미안하단 말도 나오지 않았다.

"이렇게 빨리 결정하지 않아도 되는데……."

"빨리 안 하면? 예린이는 내 눈치 보면서 하루하루 바짝 말라 가는데 보고만 있으라고? 이렇게라도 빨리 결정해 줘야 예린이에게 오빠 소리 듣지. 뭐, 처음부터 회사에 욕심 있던 것도 아니고. 아버지도 너에게 넘겨주려고 마음먹으셨던 거고. 잘됐다 싶어."

"예린이 행복하게 해 줄 자신 있어. 정말이야."

"당연하지. 예린이 또 울리면 그때는 저번처럼 몇 대 맞는 걸로 안 끝나."

"너 정말 괜찮아?"

"괜찮지, 그럼."

시호가 어떤 마음으로 본부장의 자리를 내려놓았는지 느낄 수 있었다. 사실 그동안 두 사람에게 닥친 시련은 이루 말할 수 없을 정도로 많았다.

원치 않은 싸움에 휘말려 지호 대신 칼에 맞은 시호는 응급 수술까지 했다. 도와주려 했던 일이 오히려 시호에게 더 큰 피해를 입히고 말았다. 더구나 며칠 뒤 그 일을 꾸민 장본인이 혜선이란 사실을 알고 지호는 또 한 번 오열을 했다.

겨우 몸을 추스르고 난 시호에게 예린과의 관계를 들키고 말았으니 사실 지호는 입이 열 개라도 할 말이 없었다.

이 모든 것을 덮겠다고 시호가 선언한 그때 무릎이라도 꿇고 싶었다. '괜찮다'는 시호의 말 한마디에 고개가 절로 숙여졌다.

"대신 너와 큰어머니가 한 거래 말이야. 후계자 자리에 오르면 예린이를 인정해 주시겠다는 그 약속, 예린이는 몰라야 해. 그 성격에 가만히 있지 않을 거야."

"그렇겠지."

"아하, 홀가분하다."

먼저 자리에서 일어나는 시호를 따라 지호도 몸을 일으켰다. 나란히 걷는 발걸음이 가벼웠다.

"우리 아직도 형제 맞지?"

지호가 시호의 눈치를 살피다 말을 건넸다.

"미친놈. 그럼 우리가 형제지, 자매냐?"

쓸데없는 질문이나 한다고 구박하던 시호가 지호의 어깨에 슬쩍 팔을 얹었다. 오랜만에 느끼는 시호의 따듯한 체온이 좋았다. 드디어 모든 것이 끝나고 힘든 사랑이 이루어졌다고 굳게 믿었다.

두 사람이 앉아 있던 벤치에서 조금 떨어진 나무 뒤로 인영이 아른거렸다. 한참 나무에 등을 기대고 있던 인영은 두 사람이 공원을 빠져나가자 천천히 움직였다. 무슨 이유인지 어깨를 들썩이는 뒷모습이 우는 것처럼 보였다. 어둠은 점점 더 짙게 깔렸다.

후계자 공식 발표를 하루 앞둔 저녁, 사고는 터지고 말았다. 편지 한 장 남기지 않고 사라진 예린은 그 어디에서도 찾을 수 없었다.

지호는 하늘이 무너지는 기분이었다. 사라진 예린을 당장 찾아 나서겠다는 지호와 내일 후계자 공식 발표를 앞두고 자중하라는 혜선의 목소리가 별채를 넘어섰다.

"제 발로 나간 애를 어디 가서 찾겠다는 거야! 너 지금 제정신이니? 중요한 일을 앞두고 가긴 어딜 가겠다는 거냐고!"

"어머니! 다른 사람도 아니고 예린이에요. 제가 이 세상에서 숨을 쉬는 이유가 예린이라고요! 그깟 공식 발표가 뭐라고 절 막으세요!"

"못난 놈! 어미 앞에서 뭐가 어쩌고 어째? 숨을 쉬는 이유? 널 낳아 기른 어미보다 예린이가 더 소중하다는 거야!"

"어머니에게는 후계자 자리가 더 중요할지 몰라도 저에게는 예린이가 더 중요해요. 그러니까 막지 마세요."

"권지호! 돌아가신 아버지를 생각해. 그 누구보다 그 자리를 너에게 물려주고 싶었던 아버지의 마음을."

"어머니의 욕심을 아버지 마음이라고 변명하지 마세요.

이제 통하지 않아요."

이미 지호는 마음을 먹었다. 더는 가족들에게 못 할 짓을 하면서 어머니에게 사랑을 구걸하고 싶지 않았다. 시호가 다쳤다. 그리고 자신 때문에 본부장 자리마저 내려놓았다.

더 이상 희생이 필요한지 지호는 납득할 수 없었다. 예린이 사라지고 나서야 깨달은 자신의 무지함에 숨고 싶을 뿐이었다.

"지금 네가 예린이를 찾으러 간다면 어미는 살 이유가 없어! 선택해."

"어머니!"

혜선이 지호를 붙잡을 수 있는 마지막 수단이었다. 바로 자신의 목숨. 어떻게든 지호를 내일까지 곁에 잡아 두어야 했다.

그렇게 속절없이 아침은 밝아 오고 있었다.

목숨 걸고 앞길을 막는 혜선을 이길 수 없어 뜬눈으로 밤을 샌 지호가 방을 나섰다. 아직 후계자 공식 발표까지는 두 시간이나 남아 있었지만 혜선의 강압에 주차장으로 무거운 발걸음을 옮겼다.

"잠깐, 나 좀 봐."

시호였다. 지호는 열었던 차 문을 다시 닫았다. 시호를 바라보는 표정이 좋지 않았다.

"빨리 끝내 줘. 지금 기분 더러우니까."

"예린이 어쩔 거야?"

"찾아야지."

"어떻게?"

"사람을 풀어서라도 내 곁에 데려올 거야."

"작정하고 나간 녀석인데 쉽게 올까?"

"끌고서라도 올 거야."

"그 방법은 좋지 않다고 보는데."

지호의 미간에 깊은 주름이 졌다. 시호의 충고가 고까워서 그러는 것이 아니었다. 좋지 않다는 그 방법 외에 다른 방도가 떠오르지 않아 자신에게 화가 났다. 이런 최악의 상황을 만든 예린의 무책임한 결정에 참았던 울분이 쏟아져 나왔다. 지호는 저도 모르게 꼭 쥔 주먹으로 차창을 내리쳤다.

"내가! 여기까지 어떻게 왔는데 예린이가 이럴 수 있어? 그 사랑 하나 지키려고 형제의 자리도 끌어내린 나에게 어떻게! 그때도 그랬어. 공항에 나타나지 않았던 8년 전과 똑같아. 먼 길 돌아온 날 두고 어떻게 혼자 떠날 수 있냐고!"

"권지호, 진정해. 너 지금 흥분했어."

시호가 다가와 부르르 떨리고 있는 주먹을 잡아 주었다.

"내 생각에는 예린이가 알아 버린 것 같아. 그렇지 않고 서는 갑자기 이럴 이유가 없어."

"알다니 뭘?"

시호에게 물었지만 지호는 금방 답을 찾을 수 있었다. 예린을 두고 어머니와 한 거래. 어떤 식으로 예린이 알게 되었는지는 중요하지 않았다. 알았다는 것 자체가 이미 돌이킬 수 없는 상황이었다. 시호의 추측이 맞는다면 예린을 데려오기가 더 힘들 것 같았다.

"하나만 묻자. 지금 이 자리에서 대답해. 내가 만약 예린이 있는 곳을 알려 주면 너 어떡할래?"

"예린이 있는 곳을 알아?"

"어젯밤 수연이에게 연락이 왔어. 예린이 모르게 전화하는 거라고 하면서. 그 녀석, 아는 사람이 없으니 수연이를 찾아간 모양이야. 주소를 보니 작은 시골 마을 같더라고. 그래서……."

"내놔. 그 주소."

손을 내민 지호의 표정은 싸늘했다. 사랑하는 사람을 찾기 위해 동분서주하는 그런 남자의 표정이 아니었다. 마치 배신당한 남자가 복수라도 할 것 같은 표정이었다. 시호의 간담이 서늘했다.

"주는 건 어렵지 않아. 하지만 지금 바로 가지 않으면 예린이는 더 꼭꼭 숨어 버릴지 몰라. 수연이가 붙잡고 있다지만 얼마나 버틸 수 있을지 모르겠어."

"그러니까 내놓으라고!"

구구절절 설명을 듣고 싶은 마음이 없나 보다. 버럭 소리를 지르는 지호의 태도에 시호는 바지 주머니에서 접힌 종이를 꺼냈다. 지호의 손이 종이를 덥석 잡았지만 시호의 힘에 종이는 넘어가지 않았다.

"뭐야?"

"후계자는? 이대로 예린이에게 가 버리면 주주들은 돌아설 거야. 그래도 괜찮아?"

"또 선택하라고? 이제 아주 지긋지긋해. 더는 모두를 위한 선택 따위 생각 안 할 거야. 네 말대로 날 위한 선택만 할 거고 내게 예린이 외에는 아무것도 중요하지 않아."

시호가 손힘을 풀자 메모지는 지호에게 넘어갔다. 접힌 메모지를 펴 대충 확인한 지호는 서둘러 차에 올랐다. 시동을 거는 손이 분주했다.

"큰어머니는 걱정하지 마."

"예린이 찾으면 전화할게. 부탁한다."

"가."

차가 요란한 소음을 내며 주차장을 빠져나갔다. 그렇게

지호는 예린에게 달려갔다.

　고속도로를 달리다 한적한 시골길로 접어든 지호는 주위를 두리번거리며 파란 지붕을 찾았다. 벌써 30분째 같은 곳을 맴도는 것 같았다. 수연에게 전화라도 걸고 싶은 심정이었지만 연락처를 알지 못했다.

　더군다나 이미 두 시간 전부터 휴대폰이 터질 듯이 울려 대고 있었다. 누가 이토록 자신을 찾는지 확인하지 않아도 알았다. 성난 아이처럼 울어 대는 휴대폰을 던져 놓고 지호는 메모지에 적힌 파란 지붕을 찾기 바빴다. 드디어 꼬불꼬불 이어지는 시골길 끝에 파란 지붕이 눈에 들어왔다.

　집 앞에 차를 세우고 조심스레 대문을 연 지호는 낡은 마루에 앉아 있는 예린을 발견했다. 초점 없이 먼 곳을 응시하고 있는 예린의 모습에 분노가 사르르 녹아 버렸다.

　이곳으로 달려오면서 따지려고 했다. 왜 이런 멍청한 짓을 했냐고 화를 내려고 했다. 하지만 자신보다 더한 슬픔을 가득 담고 있는 표정에 그만 할 말을 잃어버렸다.

　"예린아."

　예린을 부르는 지호의 목소리가 메어졌다.

　"어떻게 여길⋯⋯."

　자리에서 일어난 예린의 눈동자가 믿을 수 없다는 듯 흔들렸다. 어렴풋이 들리는 목소리에 처음에는 환청인 줄 알았다. 그러다 지호를 발견하고 든 생각은 환각이었다. 그래, 환청이고 환각이라고. 그가 여기까지 자신을 찾아올 리가 없다고.

지금쯤 그는 회견장에 있을 거라고 굳게 믿었지만 점점 또렷해지는 지호의 모습에 예린은 두 다리로 서 있을 수가 없었다.

"가자."

지호가 손을 내밀자 예린의 눈에 눈물이 고였다. 그러나 예린은 지호가 내민 손을 잡을 수 없었다.

"못 가."

"왜."

"이제 사랑하지 않으니까."

"거짓말."

뻔한 거짓말. 지호는 예린의 말을 믿지 않았다.

"그럼 어떡해. 다 알아 버렸는데 모른 척할 수 있어! 시호 오빠를 본부장 자리에서 내려오게 한 것도 모자라 그런 거래까지 하면서 이 사랑을 지켜야 하는 거야? 그러면 뭐해. 다 행복하지 않은걸. 오빠도, 나도, 사모님도! 누구 한 명 행복한 사람이 없는데 어떻게 내가 그 집에 있어! 어떻게 내가……."

그날 밤 공원에 숨어든 인영은 예린이었다. 또 한 번 주먹질이 오갈까 봐 걱정스런 마음에 뒤를 밟았다가 뜻밖의 사실을 알게 되었다. 그리고 내린 결정은 바로 도망이었다. 이 힘겨운 사랑 앞에서 도망가는 것이 모두를 위해 최선이라고 생각했다.

"다른 사람 생각은 안 하면 안 돼? 예린아, 나 좀 봐. 너 하나 지키려고 형제 가슴에 못까지 박은 나를 생각해 줘! 어머니도 버리고, 후계자도 버리고, 이렇게 미친놈처럼 너 찾으러 온 날 좀 봐 달라고! 나 죽을 것 같아. 너 없는 세상이 싫어. 삶의 의미가, 사는 이유가 너라고. 이 바보야. 몇천 번을 말해야 믿어 줄래!"

속이 터졌다. 오늘만 지나면 모든 것이 다 끝나는데 다시 원점으로 돌아간 기분이었다. 그래서 예린에게 화가 났다. 자신보다, 사랑하는 사람보다 가족을 더 생각하는 예린이 미웠다.

자신은 죽을 것 같은데 참아 보라는 예린의 태도가 원망스러웠다. 하지만 돌아설 수는 없었다. 미치도록 사랑하니까.

"예린아, 오빠 좀 살려 주라."

"오빠……."

"그냥 같이 살자."

예린을 와락 끌어안은 지호는 뜨거운 눈물을 흘렸다. 이 눈물은 남자의 약속과 같았다.

"바보야. 고작 도망친 곳이 여기야? 더 꼭꼭 숨었어야지. 내가 못 찾는 그런 곳으로."

"난, 집만 나오면 바보가 되나 봐. 여전히 갈 곳이 없어."

품에 안겨 흐느끼는 예린의 목소리가 가냘프게 들렸다. 지호는 한 손으로 예린의 머리를 쓰다듬으며 말을 이었다.

"내가 전에 했던 말 기억나? 꼭꼭 숨은 널 찾으면 그때는 어떤 변명도 없이 나와 결혼해야 한다고 했던 말."

"기억나."

"그 약속 지키는 거다."

사랑은 도망간다 해서 끝날 수 있는 감정이 아니었다. 심장이 멈춰야 비로소 끝날 수 있는 감정이었다. 그것을 예린은 이제야 알았다. 지호의 따듯한 품에서.

후계자 공식 발표 회견장에 지호가 나타나지 않자 혜선은 반쯤 넋이 나간 표정으로 집에 들어왔다. 회견장에 같이 있었던 시호의 부축을 받으며 별채 정자에 앉은 혜선은 지금 이 현실을 부인했다.

"방으로 들어가서 좀 누우세요. 따듯한 차 준비해서 들여보낼게요."

"지호 어디 있니."

"지금쯤 예린이와 함께 있을 거예요."

"하! 모든 것을 다 날려 버리고 예린이와 있다고?"

"지호에게는 후계자보다 예린이가 먼저니까요."

혜선은 시호의 말에 콧방귀를 뀌었다. 죄송하다는 메시지를 보내고 지호는 나타나지 않았다. 수십 통의 전화를 했지만 받지 않았다.

모든 것이 무너졌다고, 끝이라고 몸부림을 치며 발악을 하던 그때 시호의 목소리가 들렸다. 지호와 예린의 사랑을 허락해 달라고 말이다.

혜선은 인정할 수 없다고 했다. 당연히 그럴 수 없었다. 공식 발표쯤이야 다음에 또 할 수 있다고 믿었다. 하지만 시호의 한마디가 혜선을 꼼짝 못하게 만들었다.

"예린이만 인정해 주신다면 큰어머니께서 저지르신 사건, 묻을게요. 앞으로 평생 입 밖으로 꺼내지 않겠다고 약속드려요. 그러니까 제발 예린이 받아 주세요. 이건 협박이 아니라 거래를 하는 거예요. 큰어머니 거래 좋아하시잖아요."

이 또한 사실이 아니라고 부인했지만 불안에 떠는 표정

까지 숨길 수는 없었다. 더구나 권 회장까지 알고 있다는 사실을 시호에게 전해 듣고 혜선은 이미 반쯤 포기한 마음이었다.

이 사건이 세상에 알려진다면 또 한 번 한국을 떠나야 하는 사태가 벌어지고 만다. 어쩌면 두 번 다시 돌아올 수 없을지도 모르는 일이었다.

혜선은 복잡한 머릿속을 비우려고 이내 고개를 저었다. 하지만 서로 더 엉키기만 할 뿐 해결되는 것은 아무것도 없었다.

"내가 있으마. 넌 아버지에게 가 봐. 찾으신다."

언제부터 있었는지 자영이 정자 계단을 오르며 시호에게 눈짓을 했다. 걱정스런 표정으로 혜선을 바라본 시호는 이내 정자를 내려가 별채를 나갔다. 혜선 옆에 나란히 앉은 자영은 어렵게 말을 꺼냈다.

"남편과 얘기했어."

"뭘? 나와 지호를 또 한국에서 쫓아내려고?"

"지호와 예린이 허락만 해 준다면 후계자 자리는 넘겨줄게."

뜻밖의 말에 혜선은 자영을 놀란 눈으로 바라보았다. 분명 회견장에서도 시호가 똑같은 말을 했다. 하지만 시호 혼자의 결정으로 될 일이 아니었기에 믿지 않았는데 자영이 말을 꺼내자 꺼져 가던 불꽃이 다시 타오르는 기분이었다.

"사실······이야?"

"이제 그만 인정해 주자. 한두 해도 아니고 그 긴 시간을 버틴 사랑이야. 고집 부려서 꺾일 사랑이었다면 떨어져 있던 시간 동안 돌아서고도 남았어. 우리보다, 우리 욕심보다 더 지독한 사랑을 인정해 주자고."

혜선은 빠르게 득과 실을 따졌다. 며느리로 예린을 인정하는 것은 썩 내키지 않지만 후계자 자리만 손에 넣을 수 있다면 충분히 받아들일 수 있었다.

혜선은 마른침을 삼키며 자영의 표정을 곁눈질로 살폈다. 무엇인가 너무 평온하고 여유로운 모습에 의구심이 들었다.

"그 자리 나에게 넘겨주고 넌 어쩌려고? 네 욕심이기도 했잖아."

"물론 그랬지. 그런데 이제 알았어. 나도 아이처럼 사랑이 받고 싶었나 봐. 무관심 속에 살았다고 생각하며 그 세월의 보상을 부와 명예로 받으려 했어. 내 자식 생각은 조금도 하지 않고 말이야. 어리석었지. 그리고 지금은 너무 행복해. 시호도 무거운 짐을 벗어던졌고, 남편도 나와 남은 생을 편하게 살길 원하거든. 이제 사랑받는다고 생각하니까 아무것도 필요 없어. 혼자가 아니라면, 가족과 함께라면 그것만으로도 행복해."

"하! 좋겠네. 너에게는 가족이 있어서. 서로 의지하면서 그렇게 살면 되겠다. 고마워. 후계자 자리를 넘겨준다니 감사히 받을게. 하지만 넌 분명 후회할 거야."

비꼬듯 말을 던졌지만 왜 이토록 초라한지 알 수 없었다. 드디어 원했던 것을 손에 넣었는데도 기분이 좋지 않았다. 왜일까⋯⋯. 혜선은 자영 앞에 무릎이라도 꿇은 느낌이었다.

"혜선아."

"이름 부르지 마."

"언제든 우리는 가족이야. 친구이고."

"웃긴다. 이제 와서 가족이고 친구라고? 실컷 사람 비참하게 만들어 놓고 너 지금 동정하니? 그깟 사랑 좀 얻었다고?"

"그깟 사랑이라고 치부하기에는 그 힘이 얼마나 큰지 너도 알잖아."

자영의 말을 부정할 수 없었다. 아니라고 반박을 해야 하는데 마땅히 둘러댈 말이 떠오르지 않았다. 어쩌면 스스로 인정했는지 모르는 일이었다. 세상에 그깟 사랑은 없다. 질기고, 단단하고, 위대한 사랑만 존재할 뿐이었다. 혜선도 알고 있었다.

"지호는 네가 설득해."

정자를 내려가는 자영의 뒷모습을 바라보며 혜선의 눈에서 눈물이 흘렸다. 왜 패자 같은 마음이 드는지 이해할 수 없었다. 차마 자존심에 입 밖으로 꺼낼 수 없었지만 지금 자영의 모습이 너무도 부러웠다. 혜선 자신도 자영처럼 행복하고 싶었으니까.

시골 마을에 밤이 찾아왔다. 도시와 달리 해가 지니 밖은 금세 어두워졌다. 집 앞 가로등 불빛이 켜지자 시골 마루에 나란히 앉은 지호와 예린은 밤하늘을 올려다보았다. 서울에서는 볼 수 없었던 별을 하나하나 눈으로 세고 있었다.

"정말 안 갈 거야?"

"널 두고 내가 어딜 가."

"사모님 많이 충격 받으셨을 텐데 가 봐야지."

"시호가 있으니까 어머니 걱정은 덜 하려고. 이제부터 난 너만 생각할 거야."

지호의 말이 고맙고 믿음은 갔지만 마음이 편치 않은 것도 사실이었다. 이런 식으로 사모님에게서 지호를 빼앗는 기분은 정말 싫었다.

모두에게 축복받지는 못해도 사모님만큼은 인정해 주셨으면 했다. 하지만 그 한 사람의 축복이 그 어떤 일보다 힘들 줄은 미처 몰랐다. 축복받지 못하는 사랑 앞에 예린은 점점 작아졌다.

"조용하고 좋네. 며칠 이곳에서 쉬면서 생각 좀 정리해야겠다."

"앞으로 어쩌려고?"

묻는 예린의 목소리가 떨렸다. 걱정스런 마음이 아닐 수 없었다.

"결혼해야지."

"뭐?"

"난 이미 널 택했고 내 생각은 변하지 않아."

예린을 바라보는 지호의 눈빛은 강렬했다. 확고한 의지를 예린에게 눈빛으로 전하려는 듯 보였다.

"사모님이 오빠 영영 안 보시겠다고 하면 어쩌려고. 사모님에게는 오빠가 전부잖아."

"나에게는 네가 전부야."

"아파할 오빠 마음을 아는데 내가 이 결혼을 어떻게 해."

"예린아, 잠깐 순서를 바꾸는 것뿐이야. 어머니 승낙은 나중에 생각하고 식부터 올리자. 비록 축복해 주는 사람이 없을지 몰라도 난 너만 내 곁에 있으면 아무것도 두렵지 않아."

"미안해서 그래. 나 때문에 오빠가 버려야 할 것이 너무 많아서."

지호의 가슴에 얼굴을 묻은 예린은 참았던 눈물을 쏟았다. 자신이 해 줄 일이 아무것도 없었다. 오로지 지호 혼자다 짊어져야 할 아픔에 미안한 마음뿐이었다. 이런 마음을 아는지 지호는 예린을 꼭 안았다.

"아프니까 사랑이라고 하잖아. 신이 계신다면 아파한 시간만큼 행복하게 해 주실 거야. 난 그렇게 믿어."

"오빠만 아파서 어떡해. 나만 행복하면 안 되는 거잖아."

"왜 너만 행복해. 네가 행복하면 나도 행복한 거지."

"무슨 사랑이 이렇게 잔인해. 축복 없는 결혼보다 오빠가 사모님을 버려야 한다는 현실이 더 가슴 아파."

울먹이는 예린을 다독이며 지호는 밤하늘을 다시 올려다보았다. 어머니에게 등을 돌리고 마음이 편한 것은 아니었다. 그러나 이 사랑을 지킬 방법이 이것밖에 없다면 망설일 이유가 없었다. 이제 희생은 어머니의 몫이라고 생각했다.

"너 다음 생에 태어나도 오빠 만날 거야?"

문득 드는 생각이었다. 정말 이 사랑이 지독한 중독이라

면 다음 생에도 만나지 않을까 해서 묻는 말이었다. 지호
는 다음 생도, 그다음 생도 예린 하나뿐이었으니까.

"내가 오빠를 알아볼 수 있을까?"

예린은 고개를 들어 지호를 바라보았다. 과연 자신이 이
얼굴을 기억할 수 있을지 장담할 수 없었다.

"난 널 알아볼 수 있을 것 같은데."

"어떻게?"

"내 심장이 널 먼저 알아볼 테니까. 내 심장을 두근거리
게 한 여자는 이번 생에 너 하나뿐이라서."

"그럼 난 다음 생에도 행복한 여자네. 나만 사랑해 주는
남자가 날 기다려 줄 테니까."

서로를 꼭 안은 두 사람은 시원한 밤바람에 몸을 맡겼
다. 아파도 사랑이었다.

같은 이불을 덮고 잔 지호와 예린은 다음 날 아침 마을
길을 나란히 걸었다. 시끄러운 소음도 없었고 회색빛 하늘
도 없었다. 높다란 빌딩도 없었고, 복잡한 도로도 없었다.

심지어 사람도 없는 이 조용한 마을을 거닐며 두 사람은
이곳이 천국인가 했다. 절로 마음이 깨끗해지면서 머릿속
이 정리가 되었다. 하지만 이 고요함은 그리 오래가지 못
했다.

"네가 감히!"

대문을 열고 들어서자 혜선이 두 사람을 기다리고 있었다. 예린을 보자마자 달려와 따귀부터 내려친 혜선은 그래도 분이 풀리지 않는지 어깨를 들썩였다. 각오는 했지만 혜선의 매서운 손맛에 예린은 볼이 얼얼했다.

"어머니!"

또 한 번 내려치려는 혜선의 손을 지호가 급히 잡았다.

"이 손 못 놔? 뭐하는 짓이야! 어떻게 엄마에게 이럴 수가 있어!"

"그만하세요. 더는 못 참아요."

"엄마를 두고 예린이를 선택한 거야?"

"저 돌아가지 않아요."

"권지호!"

혜선에게는 하늘이 무너지는 소리였다. 다시는 돌아가지 않겠다는 아들의 말에 정신이 다 아찔했다. 어떻게든 데려가려고 했다. 무슨 수를 써서라도 다시 시작하려고 했다. 그깟 후계자 공식 발표는 다시 하면 된다고 생각했지만 착각이었다. 차갑게 변한 아들의 눈빛 안에 더 이상 자신이 없다는 것을 혜선은 감지할 수 있었다.

"제가 하기 싫다고요. 원하는 건 예린이 하나뿐이라고요! 그것도 안 돼요? 예린이가 그렇게 큰 욕심이에요?"

"사랑이 뭐가 중요해!"

"중요해요! 예린이만큼은 제 곁에 있어야 살 수 있다고요! 돌아가신 아버지는 말하지 않아도 알고 계셨는데 왜 어머니는 못 보세요? 어머니 욕심에 저까지 아버지 곁으로 보내고 싶으세요?"

좌악! 혜선의 손이 예린이 아닌 지호의 뺨을 갈랐다. 가슴을 후벼 파는 지호의 말이 혜선의 이성을 잡아먹었다. 지호의 뺨을 때린 손이 부르르 떨렸다.

"나쁜 놈! 어미 앞에서 그따위 말을 해!"

악에 받친 혜선의 표정에 예린이 지호 앞을 막고 섰다. 더는 보고만 있을 수 없었다.

"절 때리세요. 제가 잘못했어요. 그러니까 오빠 그만 미워하세요."

"그래. 그걸 이제 알았니? 이 사달을 만들어 놓고 겨우 한다는 말이 잘못했다는 말이야? 알면 내 앞에 두 번 다시 나타나지 말았어야지!"

"도망치면 될 줄 알았어요. 시간이 지나면 잊을 줄 알았어요. 하지만 더는 도망치고 싶지 않아요. 제발 저 좀 받아 주세요. 앞으로 잘할게요. 시키는 건 다 할게요. 그러니까 오빠와 같이 있을 수 있게만 해 주세요."

바람이었다. 희망이었고 소원이었다. 지호와 함께할 수

있다면 그 어떤 고통도 이겨 낼 자신이 있었다. 떨어져 있던 지옥 같은 시간은 8년으로 족했다.

"허락해 주세요."

도무지 이해할 수 없는 아이들의 마음에 혜선은 혼란스러웠다. 부와 명예보다 사랑이 먼저인 아이들. 그 속에 추악한 몰골을 한 자신을 발견하자 혜선은 숨고 싶었다. 그리고 밤새 고심했다. 과연 자신은 누굴 위해서 이 사악한 몰골을 하고 있었을까.

이 몰골을 하고도 자신을 놓지 않은 가족들의 마음이 조금씩 느껴지면서 많은 생각들이 스쳐 지나갔다. 이것도 사랑일까? 혜선은 끝없는 물음을 자신에게 던져야 했다.

이미 이곳으로 오면서 혜선은 반쯤 포기한 마음이었다. 그러나 막상 예린의 얼굴을 보니 손이 올라갔고 참았던 울분이 터져 나왔다. 하지만 악의는 없었다. 추한 몰골은 오늘까지만 할 터였다.

"하아…… 지독한 것들. 사랑이 전부 같지? 그렇지? 그래, 지금 너희에게는 사랑이 전부겠지. 지금까지 나에게 부와 명예가 전부였던 것처럼."

긴 이야기를 꺼내려는 듯 혜선은 차가운 마루에 앉았다. 이제 더 쏟을 울분도 원망도 없었다. 심신이 너무 지쳐 있었다.

"이 세상에 혼자 남겨져서 더는 버림받지 않으려고 몸부림쳤지. 그게 뭐 그리 잘못한 일이라고 손가락질하고 우습게 보는지. 20년을 힘들게 살았으니 그 자리쯤 가져도 된다고 생각했어. 그 긴 시간 꿋꿋하게 이겨 내서 좋은 남자 만났으니 위세도 떨고 목에 힘줘도 된다고 생각했어. 내가 가지면 안 되는 것들이었나?"

지호와 예린에게 묻는 말이 아니었다. 바로 자신에게 던진 말. 정말 자신의 것이었냐고 묻는 말이었다.

"갓난아이도 제 손에 쥐어 준 걸 빼앗으면 울고불고 난리가 나는 법이야. 하물며 어른이 하루아침에 모든 걸 잃고 쫓겨났는데 이 정도는 욕심내도 되는 거잖아. 안 그러니? 내 생각이 잘못된 거야?"

혜선의 물음에 지호와 예린은 대답할 수 없었다. 동의할 수는 없지만 이해할 수는 있었으니까. 욕심이 사람을 변하게 한 거라고 생각했다.

"모르겠다. 너희가 이상한 건지, 내가 이상한 건지. 오늘은 죽은 네 아버지가 너무 보고 싶구나."

"어머니······."

"그렇게 후계자 자리가 싫다면 할 수 없지. 네가 하지 않겠다는데 무슨 수로 널 그 자리에 올리겠니. 인정하고 싶지 않지만 다 끝난 것 같구나. 네 아버지가 저 하늘 위에서 나에게 잘했다고 해 주려나? 그랬으면 좋겠다."

할 말이 다 끝났는지 혜선은 마루에서 내려와 대문 쪽으로 걸어갔다. 금방이라도 쓰러질 것 같은 발걸음에 예린이 혜선을 부축했다.

"그동안 미웠던 마음은 다 내게 주고 지호는…… 마지막까지 사랑해 주렴."

"네."

"넌 변하지 마라. 나처럼."

혜선의 허락에 예린은 소리 없이 뜨거운 눈물을 흘렸다. 너무 멀리 돌아왔기에, 모두들 지쳐 있었다. 이제 좀 쉬어 갈 시간이었다.

일주일 뒤 세 사람은 공항에 도착했다. 수속을 마치고 출국장 앞에 선 혜선은 나란히 서 있는 지호와 예린을 바라보았다.

"이렇게 나란히 선 모습을 보니 속은 쓰리지만 보기는 좋구나. 둘 다 인물로는 빠지지 않으니까."

"꼭, 가서야 해요?"

"마음에도 없는 소리 하지 마. 티 나니까."

"그건 아닌데……."

지호는 멋쩍은 듯 자신의 머리를 긁적였다. 생각할 시간이 필요하다며 긴 여행을 택한 어머니를 말릴 수 없었다. 어머니에게도 예린에게도 서로 받아들일 시간이 필요했으니까. 하지만 이렇게 어머니를 보내려니 마음이 편치 않았다.

"전화 자주 하지 마라. 귀찮으니까. 그리고 돌아올 때 선물은 바라지도 마. 선물을 챙겨 줄 만큼 너희가 내 눈에 예쁘지는 않아."

"별말씀을 다 하세요. 우리가 어린애들도 아닌데."

"그래, 어린애들이 아니니까 한마디만 더 하자. 결혼은 천천히 해. 아직 식장에 들어갈 마음의 준비는 못 하겠다."

"저 벌써 서른둘이에요. 이러다 노총각으로 늙어 죽으라고요?"

"못난 놈."

혜선이 눈을 흘기자 눈치 빠른 예린이 지호의 옆구리를 쿡 찔렀다. 더 따지려던 지호의 입이 꾹 다물어졌다.

"이제 그만 가. 나도 들어갈 테니까."

"다녀오세요."

예린이 허리를 숙여 공손하게 인사를 하자 돌아서 가던 혜선의 발걸음이 멈췄다. 예린은 긴장하지 않을 수 없었다. 더구나 혜선이 몸을 돌리자 무엇인가 자신이 잘못한 것 같아 불안했다.

"다녀오라는 말……."

"네?"

긴장이 목소리에도 묻어 나왔다.

"듣기 좋구나. 돌아올 집이 있다는 말이잖니. 8년 전에는 미처 몰랐는데 돌아올 집이 있고 가족이 있다는 건 좋은 일 같아."

"아, 네."

한쪽 가슴을 쓸어내리는 예린의 어깨를 지호가 살포시 안아 주었다.

"네 말대로 언제인지는 모르겠지만 돌아오마. 그때도 오늘처럼 마중 나와 줄 거니?"

"그럼요. 무슨 일이 있어도 나올게요."

"얘는. 일이 있으면 못 나올 수도 있는 거지. 뭘 그렇게 사색이 된 표정으로 대답을 해. 넌 아직도 멀었어. 좀 당당해 봐. 착하고 예쁜 것 말고는 마음에 드는 구석이 없어."

"노력할게요. 걱정 마세요."

"뭐, 이제라도 대답은 잘하니 좀 낫다. 간다."

그렇게 혜선을 보내고 공항을 나온 지호와 예린은 복잡한 서울 시내 한복판을 걸었다. 오가는 사람들로 북적이는 거리에서 두 손을 맞잡고 다정히 걷는 두 사람의 얼굴에 미소가 떠나지 않았다. 세상을 다 가진 기분이었다.

"행복해, 오빠?"

"당연한 걸 왜 물어."

"자꾸 확인하고 싶어서. 나와 있어서 정말 행복한지."

"왜? 아직도 불안해? 어머니가 헤어지라고 할까 봐?"

"아니. 그렇다고 헤어질 마음도 없지만."

"오호! 송예린 많이 컸네."

"나 알아. 사모님이 지금 노력 중이시라는 걸. 나도 노력해서 꼭 예쁨 받을 거야. 그동안 섭섭해도 참아. 오빠는 뒷전이니까."

"야! 지금까지 기다리면서 미칠 뻔했는데 또 기다리라고?"

"에이, 이번에는 우리 같이 있잖아."

예린이 팔짱을 끼며 눈웃음을 치자 지호의 입가가 양쪽으로 보기 좋게 올라갔다. 어머니에게 잘하겠다고 다짐하는 예린이 너무 예뻐 보여서 참을 수가 없었다. 지호는 잠시 이곳이 어디인지 잊어버렸다.

쪽, 소리와 함께 지호는 예린의 입술에 입맞춤을 했다.

"미쳤어!"

"미쳤지. 너한테. 그것도 아주 오래전부터."

"사람들 쳐다보잖아."

예린이 주위를 두리번거리며 얼굴을 붉혔다. 하지만 지

호는 전혀 아랑곳하지 않았다.

"하는 김에 좀 더 찐하게 해 볼까?"

"오빠!"

"하하하. 송예린은 이제 내 여자다! 야호!"

크게 소리를 지르는 지호 때문에 예린은 어디론가 숨고 싶었다. 하지만 지호를 사랑하는 마음까지 숨길 필요는 없었다. 사랑이니까.

"사랑해. 송예린."

"나도 사랑해. 오빠."

긴 시간을 기다리고 먼 길을 돌아서 만난 이 사랑은 영원할 거라 믿어 의심치 않았다. 사랑은 지호와 예린을 배신하지 않았고 아팠던 시간만큼 두 배의 행복을 안겨 주었다.

혜선이 여행을 떠나고 일주일 뒤 본부장과 기획실장 자리에 복귀한 시호와 지호는 형제 사이를 과시하며 일에 몰두했다. 머리를 맞대고 일을 처리하니 혼자일 때보다 쉽고 빠르게 끝났다. 그렇게 6개월이 흘렀다.

드디어 지호는 혜선에게 원하는 답을 들을 수 있었다. 아직 혜선은 유럽 여행 중이었지만 돌아오는 즉시 결혼식을 올릴 예정이었다. 복잡한 절차는 모두 생략하고 간소하게 치를 생각이었지만 그래도 준비할 것이 생각보다 많았다.

결혼 준비로 하루가 어떻게 지나가는지 모를 정도로 정신없는 지호에게 갑자기 복병이 나타났다.

"이게 뭐야?"

시호가 들어와 책상 위로 툭 던진 서류를 훑어보던 지호의 미간이 구겨졌다. 새로 시작하는 프로젝트의 계획안이었다.

"보면 모르냐."

"그러니까. 이 일을 왜 나에게 보여 주냐고."

"네 일이니까."

"뭐?"

황당하다는 표정으로 시호를 노려보던 지호는 할 말을 잃었다.

"해외 사업이니까 네가 해야지. 두 달이면 구체적인 계획안 뽑을 수 있지?"

"너 미쳤지?"

대뜸 지호가 시호에게 던진 말이었다. 그 반응에 시호는 한쪽 입꼬리를 올렸다.

"내가 지금 너에게 미쳤다는 소리를 들은 거야? 왜?"

"나 바빠."

"나도 바빠."

"난 너보다 더 바빠!"

지호의 강렬한 항의에 시호는 머리를 요리조리 굴려 보았다. 이성이 살짝 육체를 이탈한 것 같은 지호의 모습에 뭔가 실수를 한 것 같은 느낌이 들었다.

"아! 결혼?"

"그래, 내 결혼. 그러니까 이 서류 가지고 내 방에서 나가."

"그래도 일은 해야지."

순간 지호가 서류를 들고 벌떡 일어나자 시호는 한 발자국 뒤로 물러났다.

"이걸 어떻게 두 달 안에 해!"

들고 있던 서류를 시호의 턱 밑으로 밀며 지호는 씩씩거렸다. 혹시나 어머니 마음이 변할까 봐 불안해 서둘러 결혼 준비 중이었는데 시호까지 일을 보태 주니 폭발하고 말았다. 지호에게는 일보다 결혼이 먼저였다.

"너 좀 예민해진 것 같다. 보통 신부가 예민해지는 거 아니냐?"

"내 도움이 필요하면 식 올리고 그때 부탁해. 지금은 절대! 할 수 없어."

확고한 의지를 보이는 지호의 모습에 시호는 입을 떡하

니 벌렸다. 인생의 목표가 결혼인 바보 같은 남자를 보는 듯했다.

"결혼 준비는 예린이 혼자 하면 되잖아. 어머니도 계시고."

"야!"

지호가 버럭 소리를 지르자 화들짝 놀란 시호가 몸을 뒤로 뺐다.

"난 너하고 달라. 하나부터 열까지 같이 고민하고 결정할 거야. 예린이가 원하는 것은 뭐든 해 줄 거고."

그때 노크 소리가 들리더니 예린이 집무실 문을 열고 들어왔다. 조금 전까지만 해도 화를 내던 지호의 얼굴에는 어느새 웃음꽃이 피어 있었다. 그런 지호의 모습을 지켜보며 시호는 콧방귀를 뀌었다.

"어? 시호 오빠도 있었네?"

"야, 송예린."

시호가 조용히 예린을 불렀다.

"왜?"

"넌 어쩌자고 멀쩡한 남자 하나를 바보로 만들었냐?"

"내가? 누굴?"

전혀 모르겠다는 표정으로 두 사람을 번갈아 바라보는 예린은 눈만 깜빡거렸다.

"됐고. 이 서류나 가지고 나가."

시호를 귀찮은 존재로 취급하는 지호의 눈에는 예린밖에 보이지 않았다. 시호는 기가 막힐 노릇이었다.

"두고 보자, 권지호. 너 이런 식으로 나오면 신혼여행 못 가게 하는 수가 있어."

"무슨 심보야!"

"나도 아직 못 갔으니까. 형님이 못 갔는데 아우가 가겠다고 하는 것은 예의가 아니지."

지호의 손에서 서류를 휙 낚아챈 시호는 집무실을 나가 버렸다. 가만히 이 상황을 지켜보던 예린의 입에서 짧은 한숨이 새어 나왔다. 아이처럼 싸우는 모양새가 한심해 보이기까지 했다. 민망했는지 지호가 괜히 자신의 머리를 긁적였다.

"오늘 드레스 보러 가기로 했지? 나가자."

서둘러 예린을 데리고 집무실을 나온 지호는 예약해 둔 웨딩숍으로 향했다.

30분 뒤 지호와 예린은 유명 웨딩숍에 도착했다. VIP 룸에 앉은 두 사람은 담당 실장을 기다리며 웨딩 책자를 넘겨보고 있었다.

지호는 자신의 턱시도보다 예린의 드레스에 더 많은 관

심을 보였다. 잠시 후 실장이 들어오고 전문가의 조언을
받아 웨딩드레스를 고른 두 사람은 마지막 책장을 덮었다.

"선택하신 드레스 모두 준비해 드릴까요?"

"네. 다 해 주세요."

지호가 정중히 부탁을 하자 실장은 책자를 들고 룸을 나
갔다.

"다 입어 보라고?"

"어. 너도 마음에 들었잖아."

"열 벌도 훨씬 넘어. 그걸 언제 다 입어 봐."

"여러 벌 입어 봐야 너에게 딱 어울리는 웨딩드레스를
고르지."

"오빠가 오래 기다려야 할 것 같으니까 미안해서 그러
지."

"내 여자가 최고로 예쁜 드레스를 입을 수 있다면 며칠
도 기다릴 수 있어. 그러니까 다 입어 봐. 마음에 드는 것
이 없으면 다른 웨딩숍을 알아봐도 돼."

"됐어. 여기서 할 거야."

웃으면서 지호의 옆구리를 쿡 찌른 예린은 웨딩드레스
를 준비해서 들어온 실장을 따라 피팅룸으로 향했다. 빨간
커튼이 쳐진 피팅룸에서 웨딩드레스를 갈아입으면서 예린
은 심장이 두근거렸다.

이제야 지호와 결혼을 한다는 것이 실감됐다. 새하얀 웨딩드레스를 입고 머리를 살짝 올려 면사포를 쓴 예린은 두 손에 부케까지 들었다.

"열겠습니다."

도우미가 커튼을 열자 눈부신 예린의 모습이 그림처럼 그려졌다. 가슴골이 깊게 파인 웨딩드레스는 예린의 가냘픈 어깨선과 쇄골을 그대로 드러나게 해 주었다. 허리선부터 바닥까지 쭉 뻗은 드레스 자락은 살짝 움직일 때마다 나풀거렸다. 마치 여신의 모습을 보는 듯했다.

"어때?"

예린이 잔뜩 긴장한 표정으로 지호에게 물었다.

"정말 예쁘다. 할 말이 없네. 무슨 말을 해야 할지도 모르겠고."

넋이 나간 사람처럼 예린을 바라보는 지호의 표정으로, 굳이 설명하지 않아도 알 수 있었다. 예린이 얼마나 아름다운 신부인지 말이다. 예린은 그런 지호를 향해 방긋 웃어 주었다.

"그럼 다음 드레스 입혀 드릴게요."

도우미가 커튼을 닫자 지호는 그제야 숨을 크게 쉬었다. 황홀한 예린의 모습은 숨이 막힐 정도였다. 두근거리는 심장을 애써 진정시키며 지호는 물 잔을 비웠다. 이제 기다리는 시간마저 초조했다.

"예린아, 아직 멀었어?"

지루해서 재촉하는 것이 아니었다. 예쁜 예린의 모습을 빨리 보고 싶어 지호는 자리에 앉아 있지도 못하고 커튼 앞에서 서성였다.

"다 됐어."

드디어 커튼이 다시 열렸다. 좀 전과 다르게 겹겹이 겹쳐진 하얀 드레스 자락이 바닥까지 풍성하게 퍼지는 스타일이었다. 양쪽 어깨를 살짝 덮은 망사가 단정하면서도 여성스러워 보였다.

"천사 날개가 부러졌나 봐."

"응? 갑자기 무슨 말이야?"

"하늘로 올라가지 못하고 내 앞에 서 있잖아."

지호의 말을 들은 실장과 도우미들은 손발이 오그라드는 것을 간신히 참았다. 차마 신랑, 신부 앞에서 내색을 할 수 없어 고개를 돌리고 입술을 삐쭉거리는 이도 있었다.

"그만해. 민망하잖아."

"천사를 천사라고 부르지. 그럼 뭐라고 불러."

"나이를 서른이나 먹은 천사는 세상에 없어. 천상에도 없을 거고."

"여기 있어. 예린 천사."

헉! 끝내 도우미 한 명이 참지 못하고 그만 소리를 질렀
다. 소리를 지른 도우미에게 실장이 눈치를 주었지만 이미
지호와 예린의 귀에 들린 후였다. 실장은 안절부절못하고
말까지 더듬었다.

"죄, 죄송합니다."

실장과 도우미들이 고개를 숙이자 지호는 그들을 바라
보았다. 뭔가 할 말이 있는 듯한 표정이었다.

"저도 죄송하지만 잠깐 자리 좀 비켜 주실래요? 천사 같
은 신부와 둘이 있고 싶어서요."

"네? 아, 네. 그럼요. 천사 같은 신부님과 둘이 계실 수
도 있죠. 그럼 저희는 밖에 나가 있겠습니다. 필요하시면
불러 주세요. 천천히 부르셔도 되고요."

실장과 도우미들이 바람처럼 사라지자 지호는 예린 앞
에 마주 섰다. 예린은 영문을 모르겠다는 표정으로 지호를
바라보았다.

"왜 사람들은 다 내보내고 그래. 입어 볼 드레스도 아직
많이 남았는데."

"밤새 입어. 마음에 들면 다 사 줄게."

"이 많은 드레스를 사서 뭐해. 매일 입을 것도 아닌데.
왜 그래?"

예린의 물음에 지호는 바지 주머니에서 작은 케이스를

하나 꺼냈다. 케이스만 보아도 그 안에 무엇이 들었는지 짐작할 수 있었다. 지호가 예린이 잘 볼 수 있도록 케이스를 열어 주자 반짝이는 반지가 보였다.

"예쁘다."

반지를 보자마자 예린의 입에서 탄성이 터져 나왔다.

"아무리 반지가 예쁜들 너보다야 못하지. 자, 손 줘 봐."

부케를 한쪽 손으로 들고 지호 앞에 손을 내민 예린은 심장이 두근거렸다. 마치 결혼식장 안에 마주 서 있는 기분이었다. 지호가 천천히 약지에 반지를 끼워 주자 정말 부부가 된 것 같았다. 괜히 눈물이 차올랐다.

"너에게 처음 고백하면서 머지않아 약지에 반지를 끼워 줄 날이 올 거라고 믿었는데, 그날이 오기까지 10년이나 걸릴 줄 몰랐어. 우리 너무 멀리 돌아온 것 같아."

"그러네. 진짜 오래 걸렸다."

"그래서 예린아 난, 다른 사람보다 더 많이 널 행복하게 해 줄 거야. 10년이나 날 믿고 기다려 준 너에게 몇 배는 더 행복한 시간을 선물로 줄 거고. 천사가 하늘로 올라가지 못하도록 내 옆에 꼭꼭 잡아 둘 거야."

"나 오빠한테 잡힌 거야? 기분 좋은걸?"

"도망 안 갈 거지?"

"날개가 부러졌다며. 날개도 없는 천사가 어딜 가겠어.

오빠랑 행복하게 살아야지."

"사랑해. 송예린."

지호의 입술이 예린의 입술을 살포시 덮었다. 지호가 두 팔로 잘록한 예린의 허리를 감싸자 두 사람은 더욱 밀착되었다. 마치 둘만의 언약식을 치르는 것처럼 아름다운 모습이었다. 같이 있기에 너무 행복한 두 사람은 한 달 뒤, 만인들 앞에 부부가 되었다.

— *fin*

작가 후기

　　어느 날 출판사에서 전화가 왔습니다. 감자를 열심히 볶으면서 통화를 했죠. 그 당시 저는 [결혼부터 합시다]의 기획 수정을 기다리고 있던 차였습니다. 하지만 기획자는 저에게 황당한 요구를 해 왔습니다. 조연 커플을 다 들어내서 한 편을 만들자고 하더군요.

　　'가능해?' 라고 하니 가능하답니다. 물론 기획자는 가능하다고 하겠죠. 물어본 제 잘못입니다. 글을 써야 하는 사람은 저인데 살짝 잊어버렸습니다. 그래서 상의 끝에 우선 [결혼부터 합시다]를 내고 생각해 보기로 했습니다. 그리고 그날 저희 집 저녁 반찬에 감자볶음은 없었습니다. 감자죽이 있었을 뿐입니다.

황당한 일은 며칠 뒤에 일어났습니다. 한 통의 계약서가 집으로 도착했죠. 뻔뻔한 기획자는 계약서에 도장 찍어서 보내라는 메시지를 남겼더라고요. 그렇게 나온 작품이 [다시 만나도 네]입니다.

올해 나온 두 번째 책입니다. 살다 보니 이런 날도 오네요. 다음 작품도 올해 안에 나올 수 있을까요? 만약 그렇다면 인간 승리입니다. '세상에 이런 일'이라는 프로그램에 나올지도 모릅니다. 사실 제 주위에 사건 사고가 워낙 많은 편이라 글에 몰두해서 쓸 수 있는 환경이 아니거든요. 다 출판사 덕입니다.

매일매일 저를 쪼아 주신 기획자님 감사합니다. 당신 때문에 두 권이 나오기는 했지만 우리 사이는 더 이상 가까워질 수 없을 것 같군요.

전작 주인공과 달리 많은 아픔을 가진 아이들을 세상에 내놓게 되었네요. 왜 제 마음이 시원섭섭한지 모르겠습니다. 이 아이들을 그리면서 같이 아파하고 공감했던 두 달의 시간이 벌써 아련해지네요. 아픈 사랑은 이루어져도 상처가 오래가나 봅니다. 그래서 다음 작품은 로코로 쓰려고합니다. 충분히 이번 작품에서 아팠으니까 저도 조금은 웃고 싶네요. 로코라고 해서 글 쓰는 고통이 줄어드는 것은아니지만.

쉴 틈 없이 연재를 하고 책을 내서 조금 여유를 부리고싶지만 이미 계약서는 또 날아왔습니다. 기획자님은 계약서 미리 보내기 달인이십니다. 인정합니다.

조만간 이런 메시지를 받겠죠. '작가님 얼마나 쓰셨어요?' '안 썼다! 왜!' 라고 당당히 말하면 얼마나 좋을까요. 전늘 비굴한 자세로 대답합니다. '쓸게'. '제가 놀지 말라고 했죠!' 라는 말을 기획자로부터 듣지 않는 것이 다음 작품 목표입니다.

결론은 독자님들을 바로 찾아가겠다는 말입니다. 독자님들이 싫다 하셔도 제가 찾아갑니다. 그러니 환영까지는아니어도 문전박대는 말아 주세요.

마지막으로 항상 제 커피를 정성껏? 타 주는 신랑님에게 감사 인사 올립니다.

이상 "괜찮네"라는 말을 듣고 싶어 하는 글쟁이 신새라 였습니다.

감사합니다.

—신새라 올림.